TAKE
SHOBO

十五枚の写真を巡る初恋の結末

敏腕社長は運命の人を見つけ出す

ぐるもり

ILLUSTRATION
七夏

蜜夢
MITSU
YUME

CONTENTS

MITSU YUME

イラスト／七夏

十五枚の写真を巡る初恋の結末

敏腕社長は
運命の人を見つけ出す

プロローグ

誰もが耳にしたことがある優しいメロディーと共に一枚、二枚と昔の写真が流れていく。

一枚目。生まれたばかりの赤子は、その名の通りどこもかしこも真っ赤だが、しっかりとカメラに視線が向けられている。続いて二枚目。床にティッシュが散らばっている。カメラにしっかり目線を向けて、いたずら大成功とばかりにばかりに笑っている。三枚目、水色のワンピースとひまわり。焼けた肌が少女の無邪気さを語っている。四枚目、ふくよかな頬が緩み、誰かに向かって手を伸ばしている。表情は分からない。五枚目、レインコートと長靴。水たまりに飛び込む瞬間だった。六枚目、大きいランドセルに背負われている。色はベージュピンク。最初の三枚はほとんど覚えていないが、それ以降の写真を見るたび鮮やかに記憶がよみがえる。

一つ、また一つと自分の写真が街頭ビジョンに映し出される。四月六日、午後十四時から都内の渋谷の街頭ビジョンに一度きりだけ流れる新作カメラのCMということで多くの人が集まっていた。世界的カメラマン長谷川《はせがわ》秀平《しゅうへい》が撮り続けてきた『えみ』シリーズ。年に一度だけ発表されるこのシリーズは写真マニアの間では有名な作品だ。国内外の小さなギャラリーの一区画を転々とし、短い期間のみ展示される。長谷川秀平の撮影する写真は風景画がほとんどで、人物画は今テレビで流れている『えみ』シリーズのみ。そんな希少性もあって、多くの人が集まったのだろう。

「映美《えみ》、すごくきれい。やっぱりおじいちゃんの写真は人気ね」

隣からため息交じりの声が聞こえてくる。その言葉に反応するように顔を上げると少し困った様子の母と目が合った。このＣＭが流れることに、母は最後まで反対していた。いつも忙しく飛び回っているのに父と二人で秀平《しゅうへい》の元に怒鳴り込んだのも記憶に新しい。

「うん。なんだか自分じゃないみたい」

「とってもきれいよ。本当に誇らしい」

素人目で見てもすばらしい写真だ。十四枚目、最後の写真が流れて小さく息を吐いた。自分が思うより緊張していたのか、心臓が早い鼓動を打ち続けている。何を隠そう今流れていた写真のモデルは自分だ。有名なカメラマンである『長谷川秀平』こと、祖父のモデルとして写真を撮られることに何の疑問を持たなかったが、こうして多くの人の目に触れることを知り、驚きと緊張と不安とさまざまな感情が入り混じる。『えみ』シリーズは孫である映美がモデルになっていることは肉親以外知らない。謎のモデル、なんてファンの間では言われているが、正体は何の変哲もない自分だ。

「おじいちゃんも断れなかったって言うけど、これで最後にしてほしいわ。ほんと、カメラのことになるとほかのことが無頓着になるんだから」

「それがおじいちゃんのいいところなんだけどね」

「まあね～……そのおかげで私もパパも好き勝手やらせてもらってるけど。娘の姿がこんな風にさらされるってなると心配！」

頭をぐしゃぐしゃとかき乱す母の様子から、きっといろいろな恩があって反対しきれなかったのだろう。それはきっと母だけでなく父も同じだ。けれども自分を大切にしてもらえていることが伝わってきて心が温かくなる。

「でも、ほら。だれも私だって気づいてないよ？」

きょろきょろとあたりを見回すが、誰も自分に気づいていない。きれいだった、すごかった。さすが長谷川秀平。なんて声が聞こえてくる。秀平の功績が誇らしい分、なぜかちくりと胸が痛む。

（どうしてだろう）

そんな疑問に答えてくれる人はいない。隣の母は今日ここに来ることを最後まで反対していた。けれども、せっかくだから見たいという自分のわがままに仕事を休んで付き添ってくれたのだ。気づけばもう人は散り散りになり、集まっていた人の熱気も収まりつつある。

「まあ、顔が見えないようにっていうのと絶対ばれないようにしてってっておじいちゃんにも言ったからね……最初は心配だったけど、こうやって見れて一安心だわ。じゃあ、ママそろそろ仕事に戻らないとだから。駅まで一緒に行こうか」

「うん。今日はありがとう」

「明日は高校の入学式なんだから。寄り道しないで帰るのよ？」

「はーい。終わったらまたおじいちゃんのスタジオ寄らないとだね」

　ああ、そうか。と母はまたため息をつく。四月七日は毎年『えみ』シリーズの撮影の日だ。子どものころは母や父に付き添ってもらって撮影をしていたが、今は一人で行くことが多い。時々従妹も顔を出すが最近はほとんど会っていない。

「依子《よりこ》ちゃんは？　最近来てる？」

「よりちゃん？　ううん。最近は来てないよ」

　そう。と母はそれきり黙ってしまった。今出てきた依子は従妹で昔はよく遊んでいたが物心がつく頃にはめっきり顔を合わせる機会がなくなってしまった。母はその理由を知っていそうだが未だに教えてくれない。従妹の話になると、父も母も口が重くなる。けれども会えばいつだって楽しく遊べ、制限されたことだってない。

「じゃあ、気をつけて帰るのよ」

「はーい」

　急いで改札を抜ける母の背中を見送って、自分も帰ろうと歩みだそうとした。しかし、ふと先ほどCMが流れた街頭ビジョンが目に入った。もう自分は映っていないはずだが、なぜか足が向いてしまう。平日でそれほど混雑はないとはいえ、都内の中心街だ。流れる人の波に乗るようにモニターの前まで歩いていく。スーツを着た人、春休み最終日を満喫する人。いろいろな人がいるが、誰一人として『えみ』に気づかない。有名になりたいわけでもちやほやされたいわけでもない。ただ、誰にも気づいてもらえないのはほんの少しだけ寂しかった。

午後のワイドショーが映し出されて有名なコメンテーターが話題になった芸能ニュースを振り返っている。本当に自分の写真があそこに映し出されていたのか疑問に思ってしまうくらい何もない。

（誰も私に気づかない）

有名になりたいなんて思っていないが、無関心なのもむなしい。なんともわがままな思いを抱きながらビジョン近くのベンチに腰掛ける。

（私は、ここだよ）

両手を広げて、そんな風に叫びたくなった。思春期特有の、自分は特別な何かになれるというおごりかもしれない。自分の太ももに肘をついて、両手に顎を乗せる。少し日陰になる場所には、先週末散った桜の花びらがうっすらと残っている。人に踏みつけられ、みじめに汚れた桜を見て、自分と重ねてしまう。

（あんなには花見だなんだってちやほやされたのに）

今は薄汚く誰にも見向きもされない。『えみ』でない自分には何の価値もないのだと思い知らされる。

秀平も、写真も、モデルの自分も全部好きだ。けれども時々こうしてどうしようもなく悩んでしまう。皆が欲しがっているのは『えみ』だけなのかもしれない。

「えみ！」

うつむき、打ちひしがれていたとき、そんな声が聞こえた。少しだけ顔を上げるが、人が多く声の主はわからない。もしかして自分の都合のいい妄想だったかもしれないと思いながらも視線は自分を呼んだ誰かを探していた。

（どこかにいるの？）

もしかしたら、違う『えみ』かもしれない。これだけ人が多いので人違いの可能性が高いだろう。

「えみだ」

しかし、もう一度名前を呼ばれる。今度はしっかりと視線がかち合った。自分よりもわずかに年上の青年がこちらをじっと見つめている。

自慢ではないが、視力はいい。少し離れた位置にいる男の人の表情がよく見える。頬を上気させ、顔に喜色を浮かべ、ただ真っすぐ自分を見つめている。

（知らない人だ……でも、向こうは私を知っている）

誰にも見つけてもらえなかったが、男性は『えみ』を見つけた。

その瞬間、映美の目には彼以外、何も映らなくなってしまった。真っすぐこちらに向けられる目はキラキラと輝いていて、なんだか眩《まぶ》しく感じた映美は目を細めた。青年のまなざしには見覚えがあった。

（おじいちゃんに、似てる）

眼光の強さ、情熱。青年の目には、映美の大好きな秀平に似たものがあった。映美の祖父は有名な写真家だが、普段は優しくてひょうきんな祖父だ。しかし年に一度、映美をモデルとして写真を撮るときには『写真家・長谷川秀平』の顔を見せた。

徹底した被写体へのこだわりと情熱。いつも豪快に笑って映美を楽しませてくれる祖父も大好きだったが、写真家としての祖父も映美は大好きだった。被写体へのこだわりが強いため、映美も苦労したこともあった。しかし、大変だったことも忘れてしまうくらい祖父の撮る写真は、息を飲むほど美しいものばかりだ。

映美の名を呼ぶ青年、祖父に似た情熱、自分に向けられたまなざし……

その全てが合わさった瞬間、映美の体の中を得体のしれない何かが駆け巡る。彼の視線にとらわれて、全身を焦がした。

（これは、何）

高鳴る胸は何も教えてくれない。子どもから大人へと成長する多感な時期である映美には、その正体が何なのか見当もつかなかった。

（こわい）

名前のない感情。沸き上がる熱情が、体の中を這いあがってくる。得体の知れないものに、映美は恐怖を感じた。視線から伝わる情熱に耐えられなくなったとき、男の人がこちらに向かって一歩踏み出した。唇の動きが読めるくらい、映美は青年にくぎ付けになって

しまう。

(や、っ、と、み、つ、け、た)

頭の中でそんな声が響く。気のせいかもしれないが、確信めいたものがあった。

その瞬間、映美は彼の全てから逃げるように駆け出した。

「待って!」

後ろから声が聞こえる。しかし、映美の足は止まらない。いきなり駆けだしたため、心臓が口から飛び出しそうなくらいに激しく動いている。しかし、気持ちも体も高揚して、疲労など全く感じない。怖かったはずなのに。そんな思いを抱きながら映美はとにかく走った。

人混みの合間をすいすい抜けて走る。まるで人々が自分のために避けてくれるようだ。後ろから名を呼ぶ声がどんどん遠くなる。

どれくらい走っただろう。駅前の人混みを抜けて、少しさびれた商店街の真ん中まできていた。営業している店の中から不思議そうな視線を向けられて、少しずつ速度を緩める。

「はあ、はあ」

息も整わぬまま早足で進んでいくうちに、開けた河川敷に出る。川沿いの歩道に向かって歩いていくうちに自然と土手の中腹にたどり着いた。足を止めた瞬間、全身にドッとだるさがのしかかってきて前かがみになった。

(知らない。こんなの、知らないの)

乱れた息を整えながらも、興奮がおさまらない。心臓が飛び上がるほど早く動いている。どっと汗が吹き出て、肌にまとわりつく。不思議と心地よかった。

少しずつ体を起こして、上を向き、春特有のかすんだ青空を見つめながら深呼吸をする。それでも、高鳴る胸はおさまらない。

「どきどき、した……」

すごくどきどきしていた。緊張した。なんだか少し、くすぐったい気持ちになった。自分の中を駆け巡った感情を整理していると、また胸が大きく拍動を打ち始める。

（この気持ちは、なに？）

近くで見たわけではないが、男性はとても素敵な人だった。見た目もそうだが、目に宿る情熱を好ましいと思っていた。祖父に似ているけど、少し違う。何が違うか聞かれるとうまく答えられないが、宿る『色』が違うような気がしたのだ。うまく言葉にできない自分をもどかしく思いながらも、先ほどの出来事を何度も反芻する。

（見つけてくれた）

誰一人として気づかなかったが、あの男性だけが見つけてくれた。今更ながら逃げ出してしまったことを後悔している。

（どんな声なんだろう。どんな風に笑うんだろう）

土手の芝生に座り込んで膝を抱える。頭の中は男性のことでいっぱいで、とりとめのない妄想ばかりがはかどっていく。

（私のこと、探しててくれたのかな。どうして、逃げちゃったんだろう）

あの時感じた恐怖はすっかりなくなっていた。全く整わない感情と向き合っていると、バッグの中から絶え間なく音が響いては止まり、響いては止まるを繰り返していることに気づく。高校生になるからと買ってもらったスマートフォンだと気づくのに少し時間がかかった。

「映美ちゃん！」

着信は父からだった。ＣＭが流れることに対して非常に気を揉《も》んでいたが、今日はどうしても抜けられない仕事があると言っていた。ひと段落ついたため、電話してきてくれたのだろう。

「パパ」

安堵のため息が漏れ出る。その瞬間、緊張していたのだとやっと理解できた。

「無事終わった？　大丈夫だった？」

「あ……」

大丈夫かと聞かれれば、大丈夫ではない。けれども、この心臓の高鳴りを伴う高揚感は恥ずかしくて語れなかった。

「大丈夫だよ。心配してくれてありがとう」

電話口でよかった！　パパはもう心配で……なんて聞こえてくるが映美の耳にはほとんど届かなかった。たった一瞬の出会いを映美はいつまでも忘れられなかった。

◇　　◇　　◇

「おじいちゃん。来たよ～」

昨日の出来事をいつまでもベッドの中で反芻していたせいか、あまり眠れなかった。緊張するはずの入学式でも何度も目が閉じそうになってしまい、慌てて姿勢を正すという場面が何度かあった。

（一日たってもまだどきどきしてる）

上の空のまま同じ中学の友人たちと別れ、ピカピカの制服のまま祖父の持つスタジオに向かう。

「おお。来たか」

ひょっこり居間から顔を出した祖父はいつも通りの笑顔で迎えてくれる。しかし、間を置くことなくその笑顔が一瞬で崩れた。

「おじいちゃん？」

口を真一文字に結んでとても難しい顔をしていた。あまり見たことがない表情で、不穏な気配を察してしまう。

「……映美、なんかあったか？」

じっくり言葉を選んだような問いかけだった。声の色からも追及されているような気がしてならない。

（何か……）

何かあったかと聞かれると、視線に込められた情熱が蘇《よみがえ》る。昨日からずっと反芻していたため、思い出すのは簡単だった。

「な、何もない！」

今まで映美は秀平に嘘をついたことはなかった。とっさに出た言葉に映美自身も驚き口を隠した。

「まあ、いい。スタジオで待ってるな」

「う、うん」

うまくごまかせた気は全くしないが、秀平はそれ以上何も聞いてこなかった。都内の小さなスタジオは限られた人しか入れない。

「映美ちゃん、今日もよろしくね」

メイクさん、スタイリストさん、カメラアシスタントさん。変わらない顔ぶれだが、プロとしての仕事を見るたびに背筋が伸びる。

ネイビーブルーの水玉模様のワンピースを身にまとい、少しレトロな雰囲気を醸し出したスタジオで撮影が始まった。今年もあれこれポーズを要求され、帰るのは夜になるだろうと思っていた。

しかし、映美の予想は外れた。

「映美、少し振り返って」

「はい」

　顔が映らないぎりぎりで撮影が始まる。視界の端に秀平が映り、真剣な表情を見せてくる。いつも通りの撮影だが、秀平を見た瞬間昨日の出来事を鮮明に思い出す。

　秀平に似た情熱をもった青年が映美だけを見つめていた。似ていると思うが、全く同じではない。あの視線に込められた意味を考えるたびに、胸が高鳴る。

（知りたい）

「今度、こっち向いて。顔を見せて」

「はい」

　ずっと考えているが、答えはでない。正解は男の人しか知らないだろうから。気づけば撮影中ということを忘れ、昨日のことで頭がいっぱいになってしまった。

「……終わりにする！」

　フラッシュを数回浴びていると、秀平が叫んだ。その声で映美は我に返り、集中できていないため怒ってしまったのかもしれない。そう思った映美は慌てて秀平に向き合おうとするが、すでにそこに姿はなかった。

「長谷川先生なら現像室にむかっていきましたけど」

「っ、行ってくる！」

　おじいちゃん、ごめんなさい。と心の中で何度も謝りながら、着慣れないワンピースの裾をつかんで慌てて秀平のあとを追った。

現像室は陽光厳禁。一度入ってしまったらあとを追えない。しかしそこは年の差があるおかげで秀平がドアを閉める直前に滑り込むことができた。

「おじいちゃ……」

声をかけるが振り向きもしない。昨日からよく走っているな、なんて思いながら謝るタイミングを見計らう。酸性臭のする暗室は、閉塞感があってあまり好きではない。話しかけたくても存在を完全に無視されているため待つしかないようだ。

「……こりゃあ、誰にも見せられないな。最高の出来なのが惜しい」

現像した一枚を覗《のぞ》き込んだ秀平がそう呟《つぶや》く。最高傑作？　そう聞くが、秀平はずっと写真を見つめている。暗室の一角の少し不気味な光の中に浮かぶ秀平の笑みには、どこか気恥ずかしさを覚えた。

「お前も、恋をしたんだなあ」

「恋？」

「そう。気づいてるか？　見たことない顔をしている。俺の視線から誰を想像したんだ？　誰を？　そう聞かれて、先日声をかけられた男の人を思い出した。

「だ、誰って」

秀平には全て見抜かれていた。動揺がしっかりと口調に現れてしまった。

「別に全部聞こうなんて思ってないさ。ただ、成長が嬉しい反面、カメラマンとしては複雑な気持ちだなあ」

「どうして？」

知りたいか？　と、秀平がにやにやと笑いながら聞いてくる。映美は小さく首を縦に振る。

「今までは俺の求めた『えみ』を自然と演じられていた。だけど、今は違う。恋した相手は俺に似てたんだろ？」

「似てたって……顔は全然似てないよ」

「ほうほう。やっぱりそうなんだな」

口車に乗せられたと気づいたのは秀平がさらに笑みを深くした時だった。

「んで？　俺に似てた？」

ん？　ん？　とあおるようにのぞき込んでくるものだから、映美はもう観念するしかなかった。

「……目が、すごく似てたの。おじいちゃんの真剣な目に」

指をつつき合わせて、気持ちを整理する。秀平が自分を撮ろうとする真剣な瞳に昨日の男の人を重ねてしまったことが恥ずかしくて、段々と声が小さくなる。

「そうかあ。ってことはそいつも何かに夢中になってんだろうな。俺が言うのもなんだが、いい男だな」

「ええ～。おばあちゃんはおじいちゃんに振り回されたって嘆いてたよ」

秀平よりもずっと年上だった祖母はすでに鬼籍に入っている。無名だった秀平を支えていたことは母からよく聞いている。

「悦子さんには頭が上がらんからなあ。それは言わない約束だ」

祖母の話をするとき、秀平はいつも優しい顔をする。いつものひょうきんさのかけらもなく、目がきらきらと輝いて口元もすっかり緩む。暗室でわかるはずないと思われるかもしれないが、もう幾度となくみた秀平の表情は目をつぶっていても思い出せる。

「おじいちゃんはおばあちゃんに恋してるんだね」

「年長者をからかうな」

穏やかで、優しい顔。これが愛する人を思う表情だとわかると、『恋』というものを少しだけ理解できる気がした。

「うん、まあでも、初恋をじいちゃんに知られるのは嫌だよな」

一人先ほど撮った写真を見つめながら秀平がそんなことを口にした。

「私も見たい。写真見せて」

本当に恋をしているなら、きっと自分の知らない顔をしている。顔が分かるような撮り方はしていないものの、見る人にはわかってしまうのだから気になって仕方がなかった。

「いいのか？　恥ずかしいぞ？」

せっかくスタイリングしてもらった髪を乱すように頭をなでられて、ごまかされた。

「あっ、もう〜！　やめて！」

手に持っている写真を何とかして覗こうと背伸びをするが、どうにも届かない。秀平は映美に見せることなく暗室から出て行ってしまった。

「おじいちゃん！」

「明るいところで見てみろ」

薄暗い部屋から出たので光に目が慣れない。ぱちぱちと何度か瞬きをした後でようやく目が慣れてくる。酸性の匂いのする暗室から出ると、清々しい気持ちになった。写真を覗き込むと映っているのは当たり前だが映美だ。しかし、その表情はとても自分だとは思えない。顔が映っていないものと、しっかりと表情を撮られたものの二枚。軽い気持ちで見ていいものではなかった。

「っ、な、な！」

「すごいだろ？　子どもだと思っていた映美の心が誰かに魅かれた証拠だ。こんな見事な写真、撮れたことがラッキーだ」

頬をピンクに染め、化粧も何もしていないのに色づいた唇。とろりと潤んだ瞳。カメラの向こう側にいる誰かを想像して自然と出てきた表情は、恋する乙女以外例えようがないものだった。顔が映っていない写真も耳まで真っ赤で、見る人が見ればわかってしまう。

「まあ、これはお蔵入りだな。こんなの見せたくないだろ？」

「やめて、ダメ、絶対……こんなの恥ずかしい」

「タイトルをつけるとしたら『初恋』だな」

「はつ、こい」

心臓が飛び出しそうなほど早く動く。秀平の視線と似ていた男の人を思い出すと、心臓はますます早鐘を打った。緊張？　違う。嬉しい、恥ずかしい。どんな言葉でも言い表せない感情を今秀平が教えてくれた。

今までカメラを向けられるとできていた、写真の中だけの『えみ』をもうつくれないほど、映美の心はかき乱されていた。

恋を知った顔は人に見せられたものではない。映美は恥ずかしさを隠すために俯《うつむ》きながら服の裾をぎゅっと握りしめた。

「残念だけど、『えみ』は卒業だな」

秀平の宣言に、映美は勢いよく顔を上げた。

「顔が分からなくても、目の肥えたやつはすぐに気づく。今のご時世、どんな奴を魅《ひ》きつけるかわからないから。写真家としては心魅かれるが、お前のじいちゃんとしてはこれ以上続けられない」

もっともな理由だった。それでもどこか後ろ髪を引かれる自分がいないと言ったらうそになる。

（おじいちゃんの言うとおりだ……）

「いいな？」

「うん」

「なあに。モデルを辞めるからと言って映美のじいちゃんじゃなくなるってわけじゃないんだから！　そんな顔するな」

どんな顔をしているかわからない。けれども、きっと不貞腐れてかわいくない顔をしているだろう。辞めると言われて自分がこの一年に一度の撮影を心待ちにしていたか気づいてしまった。とけれども、カメラマン『長谷川秀平』とのつながりを惜しんだものではない。

（見てもらえる人がいるって知っていたから）

自分の半身を失ったような気もするが、見られたいという願望に気づいてしまい恥ずかしさが倍増してしまった。そして、思い出すあの男の人。

（あの人に、もう会えないかもしれない）

『えみ』という強いつながりがなくなってしまえば、二度と交わることはない。初恋を知った日に、恋に破れてしまった。

世界で一番君に会いたい

日本でも有数の企業である木野《きの》カメラ。カメラ事業はもちろん、撮影技術を用いた医療現場への貢献、インク浸透ナノ化技術などを用いたプリント・印刷事業、応用で化粧品事業など、幅広い分野で事業を展開するトップ企業だ。

本社のある木野ビルの一角にある広報部で、相田《あいだ》映美は働いている。五年目までは地方営業所勤務。営業だけでなく補佐などの業務に就きさまざまな場所に転勤を繰り返す日々だった。一番居心地がよくて楽しかったのは、福岡だった。食事もおいしく、人もいい。都市部にある野球ドームは、シーズン中はいつも賑わっていて、全く関係ない土地で育った映美でも応援したくなる空気があった。

（連れて行ってもらったもつ鍋屋、おいしかったな……）

今でも思い出せる。ぷりっとしたもつに絡む濃厚なみそベースのスープ。野菜との相性も抜群で、映美をすっかりとりこにした。

難点なのほんの少しだけ治安が悪いことと、冬の海風が体にこたえたことぐらいだ。気をつければ夜の街も十分に楽しめた。北は仙台、南は福岡。五年間で四回の引っ越をした映美は、今年の四月に念願の本社勤務となった。

本当はカメラ事業の営業部に移りたかったが、今は事業拡大の予定はないらしく新たな人材の配属はないと言われてしまった。

ショックが顔に出ていたのか、もしカメラ事業やその周辺への異動があれば積極的に声をかけると人事部が約束してくれた。

不本意ながらも広報部の中の社内課に配属され、月一の社内広報誌の発行の編集作業と、時々社外広報課のプレリリースの原稿作成を手伝うといった仕事をしている。

映美は与えられた仕事や見つけた仕事に手を抜かない。自分が育ってきたうえで、大切なものを教えてくれた木野カメラの役に立ちたい一心だった。

たかが社内報、されど社内報。木野の功績は、新聞の一面を飾るほどビッグなものだ。今回は医療分野での快挙である。従来のＭＲＩ機器と比べると、七十八パーセントの騒音カット、造影剤を用いずとも悪性腫瘍をよりはっきり映し出す技術の開発に成功した。現在はまだ試運転の段階だが、近い将来全世界で使用される機器となるだろう。

（先月は運用に向けての開発部のコメントだったけど、今回はもう試運転だもんなあ）

さすが！　と映美は口元を緩めながら原稿のチェックに励んでいた。実際に取材に行けたらもっと臨場感があるだろうが、あいにく今の映美にはそこまでの権限はなかった。しかも、今回は社長のインタビューを載せるということもあり、広報部の社員がこぞって取材に行きたがったのだ。

（大人気だね。うちの社長様は……本当に）

インタビュー用の写真を広報誌の誌面に配置する。穏やかな笑みを浮かべるその人は、木野カメラの現社長だ。スマートフォンの普及により、『カメラ』の売り上げが落ち、ブランド力が低下していたとき、彗星のようにトップに就任した。

その後の彼の活躍は、破竹の勢いだった。年功序列の撤廃技術成果による評価査定、適切な就業時間管理。ブランド力とは全く違う方向からテコ入れを始めた。

もともとあった技術力に優秀な人材が表に出てきたことで、現在ではさまざまな分野で世界中から注目される会社になった。

（私はちょうどその改革が始まるときに就職活動をしていたから、運よく採ってもらえたってところだよね……）

映美はどうしても木野カメラで働きたかった。なぜなら、大好きな祖父――カメラマン長谷川秀平が木野カメラを愛用していたからだ。ファインダーを通して自分を見つめる秀平が映美は今でも大好きだった。デジタル化の波にのまれ、思い通りの写真が撮れなくなっている秀平を見ているのは辛かった。けれども、秀平はいつもにこにこ笑って孫である映美と従妹の依子をとてもかわいがってくれた。

『俺はそろそろ引退するよ。どこでも、誰でも写真を撮れるいい時代になったなあ』

そんなことを言ったのは、いつだったか……おそらく祖父の家の庭の草むしりをしていたときだったと思う。セミの鳴き声に遮られることのないはっきりとした宣言に、映美は泣いてしまった。

かつて秀平は「誰でも気を張らず人生の一瞬を美しく切り取れる瞬間を撮れるようになるといいな」と言っていたらしい。らしい、というのは就職してすぐ、昔の広報誌に秀平のインタビュー掲載を見つけたからだ。

（おじいちゃんらしい）

今までの栄光をひけらかすことなく、後進に道を譲る潔さは秀平の撮る写真にも表れていた。そのインタビューが載った広報誌を手元に置きたいが、社内の図書館でしか見ることができない。広報課に配属されるにあたって、映美は過去の発行誌にも目を通した。会社の業績、昔の社内の様子、そして結婚報告など……多岐にわたる記事が書かれていて、映美はまたこの会社が好きになった。

大好きな秀平が愛したカメラを作っている会社で働きたいと、ずっと夢見ていた。グランドファーザーコンプレックス？　グラファザコン？　そう言われても全く否定できないくらい、映美は秀平が大好きだ。ずっと秀平の相棒を務めてくれていた木野カメラを、映美が愛するのは自然の流れだった。

映美は写真が大好きだ。秀平の撮る写真が一番なのはもちろんだが、カメラ雑誌や気になるカメラマンが撮影した写真集、個展巡りなどにお給料が消えていった。

（この色味だと、印刷するときちょっと暗くなりそうだな）

だからこそ、社内報の記事一つにも妥協したくない。少しでも多く魅力が伝わるようにしたい。

　カメラ事業に関われなくても、社の一員として会社を盛り上げていく。そんな気持ちで毎日働いていた。

「相田さーん！　ねえ、ちょっと来て！」

「あ、はーい」

　パソコンと向き合って色の微調整をしていると、指導者の先輩から声がかかった。作業を保存して呼ばれた方向に向かうと、カメラを構えた先輩がにこにこしながら手招きしている。カメラの存在に気づくと、胸が不穏な動悸を立てた。

「今度の広報誌の編集後記、相田さんが書いてくれるでしょ？」

「は、はい……」

　無邪気な笑顔でカメラを向けられて、映美の体は分かりやすく固まってしまう。

「少しスペースがありそうだから、せっかくだから写真を残そうと思って！」

　はい、笑って！　と続けられて、映美は視線をきょろきょろとさまよわせる。カメラは大好きだ。ただ、昔の経験からカメラの前でうまく表情を作ることができなくなってしまった。

「緊張してる？　かわいい～！　ほら、笑って！」

　手に汗がじんわりと浮かんでくる。気持ちが落ち着かなくなり、自分の心臓の音がはっきりと聞こえる。

（緊張……違うの、これは）

カメラを向けられると思い出す、情熱。秀平の視線の奥にいる『あの人』のことを思い出してしまうから。

「相田さーん？」

おそらく顔も真っ赤になっている。腹の奥底がずくずくと疼《うず》き、膝の力が抜けてしまいそうだ。普通ではない映美の様子に、先輩の声に疑惑が混じる。

「あ、あの！　今回はみんなでインタビューしたしせっかくだから全員で撮りません？先輩のカメラ、解像度もよさそうだから、大勢のほうが映えませんか？」

「え、そ、そっかなあ？　相田さん一人でも映えそうだけど……」

「先輩の素敵なカメラの解像度……私の毛穴まで映りそうじゃないですか」

毛穴！　ぶはっと先輩が吹き出して、映美は心の中でよしよしとほくそ笑む。このまま一人での撮影を避けられそうになると、体から熱がすっと引いていく。

一人で映るのを避けたくて、必死に先輩に訴える。カメラ会社に就職したくせに、写真を撮られることが苦手だと知られたくなかった。

（幼いときは気づかなかったけど……）

カメラを向けられたときの心臓の高鳴り、体をめぐる熱、腹の奥が欲する何かの正体を大人になって知ってしまった。

「じゃあ、みんな相田さんの毛穴を守るために集まって！」

「あ〜！　ひどい！　コンシーラーたっぷりのときなら大丈夫です！」

自分の本音を隠しながらじゃれつくと、何かおもしろいことがありそうだと人が集まってくる。十人程度集まったところで、映美は集団の端に身を寄せる。

「じゃあ、月並みだけど、お決まりの掛け声でいくよ〜。はい、チーズ！」

シャッター音が響くと同時に、少しだけ目線をずらす。このくらいの写真なら何とか映れるようになった。カメラを向けられたとき、湧き上がる熱はきっと。

(あのとき出会った人に欲情している)

燻《くすぶ》る腹をそっと手でなでながら、何事もなかったように撮った写真をのぞき込む輪の中に入っていった。


「相田さん、ちょっといい？」

「あ、はい！」

無事に写真撮影を終え、修正画面に集中していると、ぽん、と肩を叩かれた。

「ごめん、部長が呼んでるんだ。行ける？」

「部長が……？」

何かしでかしただろうか。もしかして記事の差し替え？　来週には印刷にかけなければいけないのに……残業になりそうな気配を察知した映美は、作業を一旦止めるためにパソコンの保存ボタンを押す。

時折思い出すことがある。映美の人生の中でほんの一瞬映りこんできた青年のことを……。あの場面を写真で残せることができたならどれだけよかっただろう。そのくらい、映美の中でキラキラと輝く思い出だった。

その青年は今どうしているのか、考える必要もない。なぜなら、今パソコン画面の中で微笑んでいる人こそが、映美の初恋を奪っていった人物だからだ。今ではこんなにも遠い人になってしまった。

昨日のことのように、思い出せるあの熱烈な視線。そして、名前を呼ぶ声。顔を見せていない映美に気づいてくれたことが嬉しくてたまらなかった。

（それを思い出して欲情しちゃう自分もほんと、どうかしてる）

幼いころの出来事がいまだに心の真ん中に居座っている。映美の全てをかっさらっていった青年が今は自分の働く会社のトップだなんてだれが想像しただろう。

（でも、身の程はちゃあんと知ってるから）

カメラを向けられなくなった自分に『えみ』のときのような価値はない。写真越しに見つめているのがちょうどいい距離なんだ。そう自分に言い聞かせて映美は重い足取りで部長室に向かう。

（でも……）

深い悩みを含んだため息が漏《も》れでる。

本当は世界で一番、あなたに会いたい。

どの新聞にも記事が掲載されている。有能な秘書が全てを机の上に置いていて、漏れがないように目を通していく。どれもこれも同じ内容と分かっているが、万が一事実と違うことがあれば訂正しなければならない。木野カメラの名を汚すようなことがあってはいけない。

◇　◇　◇

「すごいな。世界中がお前に、木野輝《ひかる》に注目している」

ノックもなしに社長室に入ってこられるのは一人だけだ。名前を呼ばれ、輝は視線を声の方に向ける。相手は会社には似合わないラフな格好だが、見知った顔に少しだけ気が緩んだ。

「……ありがとう」

「浮かない顔だな」

社長室の椅子は寝心地がいい。思い切り背もたれに体を預けて、デスクに足を乗せる姿は、『社の顔』と言えないかもしれない。輝はだらけたがる体に喝を入れて起き上がった。

「この発表会の写真、誰が撮ったの？　俺のほうがうまく撮れる」

「まあな。腕はお前のほうがいい。なんてったって、世界で活躍するカメラマン折本武志《おりもとたけし》さんだからな」

ほめても何も出ないと言いながら武志がソファに腰かける。輝は浮かない気持ちのまま目の前のパソコンに向かい直した。

新しいMRI技術が認められて、木野カメラはまた一つステップアップした。関係者に向けてのプレリリースの際には、ぜひ呼んでほしいと連絡がひっきりなしだ。実用化に当たって費用面など、さまざまな問題は残るものの、まずは小児医療センターを併設する病院に働きかけようと考えていた。

「それで？　次は何をする？」

武志の問いかけに、輝は肘をついて手を組む。武志は木野カメラの専属カメラマンだ。契約は結んでいるものの、社員ではない。輝が次に手をつけようと思っていることは昔から本当にやりたかったことで、それには優秀なカメラマンの力が必要だった。

「……カメラ事業に手を入れる」

「へえ」

スマートフォンの普及によって、誰でもいつでも素晴らしい写真が撮れるようになった。最新のスマートフォンは映画撮影ができるという謳い文句でCMが展開されている。木野カメラは、一時期インスタントカメラ・一眼レフカメラで最先端を走っていた。しかし、今では別の事業の規模の方が大きくなり、社名を変更した方がいいのではという声が役員会で上がるほど、カメラ事業は落ち込んでいた。

しかし、輝の考えは役員たちと違っていた。社名にふさわしい、カメラ事業が台頭していたころの木野カメラを取り戻したい。落ち込んだ業績が他の事業によって回復してきた今、輝の願いはただそれだけだった。ひと昔前、『誰でも、美しい一瞬を切り取れる。残せる』をキャッチコピーとした木野カメラの、ファミリー向け一眼レフカメラが流行した。その火付け役は、引退した有名カメラマンの長谷川秀平だ。

彼の撮影する写真は、どれも流れゆく時間の一瞬を切り取っていた。例えば季節の移り変わりと一言で表すことは簡単だ。しかし長谷川秀平が流れゆく季節を写真として切り取ると、道端の花ひとつでも世界で一番美しい瞬間として写真に残る。木野カメラの家系に生まれ、カメラと共に成長してきた輝にとって、秀平の写真はどれもこれも憧れだった。すばらしい写真家の業績を、木野カメラのカメラ部門事業と共に過去のものにはしたくない。何より写真が大好きな輝は、このままカメラが衰退していくのは許せなかった。

「たった一枚の写真で、人の心は揺さぶられる」

「……」

輝はそっと胸に手を当てる。内ポケットには輝の大切なものがしまってある。

「年に一回、長谷川秀平が撮り続けた『えみ』シリーズを知っているだろう」

「写真を撮っていて知らないやつなんていないだろう」

輝もそうだが、武志も相当な長谷川秀平のファンだ。カメラマンなら一度は彼に憧れる。長谷川秀平の写真のほとんどは風景画だが、『えみ』シリーズは唯一の人物画だ。年に一度、世界中のどこかのギャラリーでたった数日間だけ展示される写真。木野カメラの子息という立場を利用して、輝は必ず『えみ』に会いに行った。輝の成長は『えみ』とともにあったと言っても過言ではないくらいだった。決して顔は明かされず、長谷川秀平も『えみ』が誰なのかは絶対に口を割らなかった。そんな『えみ』シリーズが枚数を重ねたとき、たった一度だけ都内の巨大ビジョンで木野カメラのCMとして流れた。今まで『えみ』を知らなかった人まで『えみ』の虜になってしまい、マニアの間では『えみ』が誰か考察が行われたほどだ。

「俺は『えみ』シリーズの続きを撮りたい。そのためにはお前の力を借りたいと思っている」

「……」

武志の喉が鳴る。その顔は興奮と期待に満ち溢《あふ》れていた。思った以上に前向きな姿勢の武志に安堵しつつ、輝はもう一度胸に手を当てる。ジャケットの内ポケットに忍ばせている宝物が輝にいつだって力をくれる。

「まあ、そんなことがあれば俺にとっては名誉だが……肝心の『えみ』はどこにいるかわかってるのか？」

武志の問いかけに、輝はそっと目を閉じて過去を振り返る。今でも瞼《まぶた》の裏にしっかりと焼き付けられている『えみ』。一瞬の巡りあわせが、輝をここまで押し上げてくれた。『えみ』に命が吹き込まれ、映像として流れた瞬間、輝も当たり前のように現場にいた。あまりの美しさと感動でしばらくその場を離れられなかった。どう言葉に表したらいいのかわからないが、写真でしか存在しなかった少女に、命が吹き込まれた。改めて『えみ』という存在が輝と同じ世界で生きていると知らしめられた瞬間だった。

「『えみ』は絶対に俺が見つける」

確固たる決意のもと、輝は宣言する。

「すごい自信だな。何かあてでもあるのか？」

「あてなんて……」

ないさ。と自嘲気味につぶやく。机に体を預けて、肩を落とす。

「ずっと探しているけど、見つからないんだ」

「天下の木野カメラが力を尽くしても？」

俯いて、小さくうなずく。輝は一度だけ『えみ』に会ったことがある。偶然で片付けたくない、運命のような出会いだった。霞がかる春の陽気に包まれた、四月六日。『えみ』の存在を知らしめられた日にぽっと輝の前に現れた少女は輝の心に焼きついて離れない『えみ』だった。

可愛い。

美しい。

素晴らしい。

『えみ』の美しさをたたえるような陳腐な言葉が頭の中に浮かぶ。夢の中のようなふわふわした気持ちだった。

「やっとみつけた」

写真の中でしか知らなかった『えみ』を目の前にして、焦《こ》がれた思いを吐き出す。どんなに遠くにいても、顔を知らずとも少女が『えみ』だとすぐ理解した。だってこれはきっと運命の出会いだからと柄にもなく思ってしまっていた。

——もっと近くで。

高揚したまま少女に駆け寄ろうとしたときだった。自分の挙動が怪しくなってしまったのかやっと出会えた少女は一言も発することなく逃げてしまった。

小さくなっていく背中を見続けているうちに我に返る。気づいたときには何もかも遅かった。

「輝。どっか飛んでるぞ」

「あ、ああ……」

武志の声で現実に戻される。たった数秒の出会いを今でも忘れられない。しかし、どんなに力を尽くしても『えみ』は見つからなかった。また写真の中で会えればいいと考えを切り替えようとしたところで、『えみ』シリーズの作成中止が発表された。

「しかし、『えみ』は急に消えたからな。焦がれるのはわかるよ。カメラに関わるものとしてはな」

「本当に……」

シリーズが終わったのであれば、本人に会いたい。そう思って、『えみ』を探した。けれども、長谷川秀平に近しい人にコンタクトを取ろうとすると、煙のように消えてしまう。

「意味なく探るなとくぎを刺された」

「は？」

息を長く吐くことで後悔から逃げる。映美を探し続け、輝が社長に就任したときのパーティーで、長谷川秀平本人に声をかけられた。

「長谷川秀平本人に？」

あきれたと武志が天を仰いだ。秀平に直接注意されてしまったらもう身動きは取れない。ちょうど他の事業のてこ入れが始まったこともあり、『えみ』探しはとん挫した。けれども、秀平は輝にひとつ希望を与えてくれた。

「昔から知ってるお坊ちゃんに俺から一つアドバイス。本気で会いたいと思えばいつだって会えるさって言われた。会えたら俺はもう何も言わないと」

原文のまま武志に伝えると、目を丸くしてわかりやすく驚いていた。本気で会いたいだなんていつも思っている。けれども、何もかも見透かしたような目で見られてしまうと自分の思いがまだまだ足りないような気がしてならない。

「そんな強い思いが輝にあったとはな」

「どういうことだ？」

『えみ』へ思いを馬鹿にされたような気がして、輝は口調が強くなる。しかし武志はいつも通りひょうひょうとした態度を変えない。

「学生の写真コンテストのとき、お前が出せば絶対優勝だった」

「……ああ」

武志とは長い付き合いだ。武志は今、プロカメラマンとして活動し、輝は木野カメラの社長として別の仕事に就いているが、昔は輝もアマチュアの域を超えないものの、カメラマンとして活動していた。二人が実際出会ったのは大学のときだが、コンテストや展示会で互いに名前を知っていた。今武志が言っているのは高校最後の全国学生写真コンテストのことだろう。

「あの時は、ちょっといろいろあってな」

ちょうど『えみ』と出会い、探すのに翻弄していたころだ。気持ちがそぞろになり、写真コンテストどころではなかった。一方武志は高校のときから才能を開花し、さまざまなコンテストで最優秀賞に名を連ねていた。

「俺は一度も輝に勝てなかった」

「毎回最優秀賞だったくせに何を」

「輝が出せば、最優秀賞は必ず二人だ。俺と、お前」

またか。と正直輝はうんざりした気持ちを隠せなかった。今言っていたコンテストで最優秀賞を撮れば、スポンサーがつき、カメラマンとしての道が約束されていた。ことあるごとに武志はこのコンテストについて持ち出してくるが、カメラマンとして活動するより、木野カメラの復興とさらなる振興を望んだ。その時点で二人の道は分かれたはずだ。

「まあ、いいさ。お前が譲ってくれたおかげで今がある。いつかこの借りは返すつもりだがな」

「もう十分返してもらってる」

木野のカメラを使い、名を世に広める。武志にはそれで十分だと伝えているが、一向に納得しない。カメラマンとしての道を譲ってもらったときかないのだ。そういったこだわりが今の武志にとっての原動力になっているため、輝はこれ以上強く否定できない。正直、『えみ』を撮ってくれるだけで十分だと思っているが、今の武志に何を言っても無駄だろう。

「ま、いいさ。俺は写真を撮るしかできないからさ」

「ああ。まだ俺とお前の秘密だから。役員たちにも話していない。話が進んだら、また連絡する」

わかったと武志が部屋を出ていく。話が早くて本当に助かると手を振るが武志は振り返ることはなかった。

一人きりの部屋に戻って、輝は胸ポケットからあるものを取り出す。手のひらサイズの手帳を開いて一枚の写真を取り出す。

「誰も知らない、『えみ』」

社長就任祝いと、秀平が輝のポケットに押し込んできた。そのせいで少し皺になってしまっている。しかし、その写真は紛れもなく『えみ』だった。レトロポップなブルーのワンピースに身を包み、少し大人になった『えみ』は輝の知らないものだった。未発表作品だと気づき、思わず叫びそうになったがすんでのところでこらえた。

「今まで会った中で、坊ちゃんの目が一番近い。『えみ』もきっとお前に持っててほしいはずだ」

「俺に、ですか?」

「まあ、もうろく老人の戯言だと思ってくれ」

そう言って去っていく秀平を追えなかった。『えみ』の写真が衝撃的過ぎたからだ。この写真をくれたということは、『えみ』を探すことをあきらめる必要はない。けれども、機会を待てということだろう。『えみ』がそばにいるということで、輝は『えみ』探しを我慢できた。待ちに待った機会は今だ。

——でも……

輝には迷いがあった。もし本当に『えみ』と再会し、『えみ』シリーズを続けてくれることになった際、自分はそれを許容できるのか。未発表作品を誰にも見せたくないという独占欲を隠せない。それでも、木野カメラの再興には『えみ』の力が必要だ。武志に話をしたのも、経営者としての自分を奮い立たせるためだった。

もう一度、『えみ』と向き合う。

「世界で一番、君に会いたい」

そんな言葉とともに、幼さの残る少女の写真に唇を落とした。

再会。だけど、一方通行

秋はどこにいったのか。そんな疑問を投げかけたくなるほど、残暑が厳しい。空はすっかり高くなっているのに、照りつける日差しには夏の様相しかない。持参のマグボトルで水分補給をしないと、歩くのも正直しんどい。映美がこれから向かう祖父である秀平の家は、坂を上って奥まったところにある。高齢化が進み、空き家が目立つようになった地域だが、秀平はここに住むことにこだわり続けている。秀平が言うのには空が近く、季節ごとに見せる庭の色とのコントラストが一番いいとのこと。さすがカメラマン！　と言葉にしたいところだが、口から漏れるのはひい、ふうという少し切れた息の音だけだ。今まさにちょうど上り坂に差しかかったところで、映美は運動不足を実感する。一緒に歩いていたはずの従妹の依子は映美よりも数メートル先にいて、手を振っている。

「ほらほら。のんびりすぎるよ～」

「分かってる！」

明るい性格で、趣味がたくさんありフットワークの軽い依子はいつだって映美の先を行く。母の兄の子で従妹である依子は映美と同じ年だ。幼いころは一緒に遊んでいたがあったが、依子が私立の小学校に入学してから会う機会が減った。高校入学をきっかけになぜか交流が再開され、社会人になって時々遊びに行く仲になっている。

（よりちゃんは、とっても美人だし何でもできる）

「ほんとにえみちゃんはのろいんだから。そんなんで仕事やってけてるの？」

「へへ……ごめん」

上り坂なんてないかのように軽くヒールを鳴らす依子を、映美はいつも追いかける側だった。勉強も運動も容姿も全て依子には敵わない。うらやましいと思ったこともあるが、映美はいつも明るい依子が大好きだった。時々辛辣な言葉で傷つくことがあっても、それもまた依子の魅力だと思える。その結果、こうして一緒に秀平の家を訪ねる仲でいられる。やっと隣に並んで「早いよ」と、文句を言うと、依子はにっこり笑って先を行く。そして、映美はまたその後を追うのだった。

◇　　◇　　◇

「おじいちゃん！」

インターホンを鳴らしても応答がない。二人は顔を合わせ、駆け足で庭に向かう。庭いじりをしていた秀平に、依子が声をかけた。

「なんだ。また二人で来たのか」

振り向いた秀平の額には汗が流れていて、長時間作業に没頭していたのがすぐに分かった。今日も残暑が厳しく薄手のシャツでも汗をかくような気温だ。帽子を被っているとはいえ、老体には少々厳しい気候。もういい年なんだから、少しは自分の体に気を使ってほしい。そんな思いで映美と依子は大きくため息をついた。

「よりちゃん、私冷たいお茶を淹れてくるから。おじいちゃんを休ませてくれる？」

「分かった。集中するといっつも時間を忘れちゃうんだから」

芸術家気質ということもあるのか、秀平は一つのことに集中すると周りが見えなくなる。ちらりと見ただけだが、秀平の横にはこんもりと雑草が積み上がっていたので、かなりの時間を費やして草むしりをしていたことがすぐに分かった。

（まったくもう……熱中症になっちゃうじゃない）

映美がお茶を淹《い》れようと台所に向かうと、朝食のパンがまだ残っている。ちなみに今はお昼をとっくに過ぎていて、おやつにちょうどいい時間だ。映美はまた一つ大きなため息をついて、食べかけのパンを片付ける。

秀平は母方の祖父にあたり、祖母は早くに亡くなってしまった。父方の祖父母はもう他界しており、秀平だけがおじいちゃんと呼べる存在だった。有名カメラマンの秀平も、だらしがなくて少々うっかりもののおじいちゃんも、映美にとっては大切な人である。長生きしてほしいと思うのは当たり前のことだ。

「今日もパンと牛乳だけかあ……」

暑さのせいもあるだろうが、最近は食欲が落ちているように思える。この調子では昼食も摂っていないだろう。

持参したプリンを冷蔵庫にしまい、常備してある麦茶を注いで庭に向かう。歩くたびに小さくきしむ廊下を真っすぐ進むと、依子にたっぷり怒られている秀平が目に入った。ぷりぷり怒る依子と、悪びれた様子もなく謝る秀平。いつもの光景にホッとして、映美はお茶を差し出した。

「悪いなあ。ちょうど喉が渇いてたんだ」

喉を鳴らしながら、麦茶があっという間に消えていく。もう一杯と言われることを見越して、映美はコップに麦茶をなみなみと注いだ。

「おじいちゃん、もう年なんだから、自分の体のことも考えてよ?」

「分かってる、分かってる。でも、雑草はまだまだ元気だし、庭のためにも頑張らないといけないいからなあ」

「言い訳ばかりうまくなって！」と、依子が口を挟む。「大体ね……」と、お小言が始まってしまうと止められる人はいない。けれどもそれが依子の優しさだと分かっているため、秀平は何も言わない。それに、依子の言っていることは正しい。映美は横でうんうんと頷《うなず》きながら同調した。

「どうせご飯も食べていないんでしょ！」と、今度は依子が冷蔵庫に向かう。続けてやってくる怒鳴り声に備えて、映美はそっと耳を塞いだ。

「牛乳とビールとカニカマしかないじゃない！　もう！」

バンと冷蔵庫の扉に当たり散らしているのが目に浮かぶ。きっとこのまま買い物に向かうと踏んで、映美はそっと部屋の片付けを始める。

「おじいちゃん、絵具で汚れた服、そのままにしてないよね？」

麦茶を飲んでいた手がピタリと止まる。思い当たることがあるのだろう。依子に見つかったらまた雷が落ちると、映美は慌てて部屋を片付けていく。

秀平はカメラマンを引退後、近所で絵画教室を開いている。現役のころから、色彩感覚を養うためと写実的な絵を描いていた経験を生かしたものだ。人当たりもいい秀平は、すぐに人気の講師となった。

「あれ、洗ったつもりなんだがなあ」

部屋に散らかっているものを片付けていくと、出てくる出てくる。よりによって白いTシャツ！　と映美は依子並みに怒鳴りたくなったが、ぐっと我慢する。ぽいぽいと洗濯籠に放り込みながら、映美はもくもくと掃除を進めていく。

「昼間はまだ暑いが、風はもう秋めいてきたたな」

秀平の声に誘われるように、涼やかな風が映美の髪をさらう。

「……うん」

季節の変わり目……と、一言で片付けられる。しかし、取り戻せない時の瞬間を全身で感じることが映美は好きだった。秀平も同じなのか、時々こうして一緒に味わってくれる。

さらさら頬をなでる風と、庭木の葉がこすれる音。抜いたばかりの雑草から漂う青々しい香り。古い木材家屋の埃《ほこり》っぽい空気と、雑多に置かれた雑誌や絵具……。都内の喧騒《けんそう》とはかけ離れた空間を存分に味わっていると、ふと自分は掃除をしていたことを思い出した。

庭には季節の花木が植えられ、縁側に面した部屋は特に散らかっていた。写真集や絵具、食べたパンのパッケージ袋……そして何に使うのか、花言葉集などなど。とにかく汚いの一言だが、部屋の中心にある水彩画には汚い空間から想像できないほどの異彩を放っていた。

よく見慣れた庭の絵だ。夏の真っ青な空と、青々と伸びた草。雑草たちは、生命力に溢れていた。遠くに浮かぶ入道雲からは、夕立が来るかもしれないという不安を感じさせる。やはり、秀平の手でつくられるものは、映美にとって全てが特別だった。

「この絵はもう完成？」

「ん？　ああ、そうだな。欲しいって奴がいるから、やろうと思ってたんだ。掃除の邪魔になるから端っこに置いておいてくれ」

「うん。分かった」

「どれ、俺もやるかな」

水分補給が終わった秀平が立ち上がる。映美がまとめた洗濯籠を持った。そのまま洗濯機に向かうかと思ったが、秀平はぴたりと歩みを止めた。

「映美」

「ん?」

プラスチックと燃えるごみを分別し始めたところで声がかかる。少しこわばった呼びかけに、映美は手を止めて顔を上げた。

「最近どうだ?」

「……どうだって?」

ざっくりとした質問に、映美は首を傾げた。秀平は黙って映美の言葉を待っていた。

「う〜ん」

少し考え、何かあっただろうかと思いを巡らせた。そしてつい先日、部長に言われた言葉を思い出す。

「新しい仕事を任されたんだ!」

「……仕事?」

「そう! 今までは広報だったんだけど、期限付きで新設する部署に配属されることになったの」

「へえ。そりゃ頑張らんとだな」

「うん」と、映美は口元を緩めた。届かない人への恋心を思い出していたときの部長からの呼び出しは、期間限定での部署異動の話だった。木野カメラの歴史は長い。今までの広告写真やリリース情報、広報誌……写真にまつわる歴史だけでも膨大な資料が車内に残されていた。社内一階ロビーに保管資料を博物館のように展示したり、昔の写真や資料をクラウド保存したりするために立ち上げられた部署だ。デジタル移行室という立派な名前が付けられ、移行が完了するまでの期間限定の部署だが、木野カメラの歴史に触れられるということもあり、二つ返事で了承した。カメラ部門への異動が敵わなかった映美の落ち込みぶりを知っていた部長が、少しでもカメラや写真に関われるようにと声をかけてくれたのだ。

（もしかしたら昔の広報誌もまとめられるかもしれないし、そうなったらいつでもおじいちゃんのインタビューが見られるようになる！）

「詳しくは話せないけど、おじいちゃんの写真にも関われるし、私がやりたかったこともできそうなんだ」

「それが嬉しい」と、続けると秀平は「そうか」と相槌を打つ。

「他には何かあるか？」

「え？　他？」

「例えば、ほら、恋とかさ」

「恋～？　おじいちゃんだって知ってるでしょ？」

映美はぷっと頬を膨らませる。もう立派な成人だが、秀平といると小さな子どものように振る舞ってしまう。映美の恋の話など全て知っているくせにと、反抗したい気持ちもある。少女時代に味わった情熱を超える思いはない。十年以上前のほんの一瞬に、映美は未だにとらわれている。

「ほら、言ってただろ？　昔映美が恋した相手が木野の社長だったって。まだ好きなのか？」

「す、好きっていうか……」

自分の会社の社長に恋をしているなんて、本当に不毛でバカバカしいことだと分かっている。しかし昔、町中で出会った瞬間から、映美の中に色濃く焼き付けられてしまったのだ。向けられる熱の強さが体のあちこちでくすぶり続けて、今も冷めない。

すごくどきどきして、心臓が壊れるかと思った。全身が熱くて、思い出すだけですぐにその熱がよみがえる。そんな強い思いをどうして忘れられるだろうか。

「入社式の日に再会して以来、一度も顔を合わせたことがないんだろう？」

「うっ……」

映美は言葉を詰まらせた。入社式の壇上で挨拶をする若い社長は、誰の目から見ても異彩をはなっていた。映美は遠くでスピーチをする彼にくぎ付けになっていた。人混みの中で向けてきた視線をそのままに、彼は大人になっていた。たった一度しか出会っていない人だが、映美にはすぐに分かった。

「社長の木野輝です」と、紹介されたときに距離だけでなく人としても遠いことを知ってしまった。もしかしたら、またどこかで見つけてくれるかもしれないと夢見た日もあった。出会った駅にも何度も足を運んだ。同じ場所で立っていたことある。それでも出会えなかった人が、自分が大好きな会社の社長だったのだ。

ドラマや漫画の世界だったら、『運命！』と、諸手を上げて再会を演出するかもしれない。けれども、映美は秀平の孫とはいえ、ごくごく普通の一般人だ。雲の上の存在である木野輝との接点はない。浮かれて落ち込んで……コロコロ変わる気持ちを、人の機微に鋭い秀平にはすぐばれてしまった。

「写真を見てたってどきどきするんだもん……どうしようもないじゃない」

「そうかいそうかい。うぶなこった」

小ばかにしたように笑う秀平に、映美は肩をぶつける。「すまん、すまん」と、謝る姿は、全く悪びれた様子がない。けれども過去の一瞬とらわれたまま動けないでいる映美は、一度も彼氏がいたことがない。一生かなうはずのない恋は不毛だと分かっている。しかし、過去を超える情熱に出会えない。映美は縁側に足を垂らして、ぶらぶらと揺らす。一方的な片思いを続け、今がきっと一番近くにいるはずなのに、手も足も出ない。

「……そろそろカメラの手入れをするかなあ」

「え！」

引退してからカメラを持つことがなくなった秀平だったので、「どうして？」と、映美は目を丸くする。

「もう写真は撮らないんじゃなかったの？」

「ああ、言ってなかったか？　あと二回だけカメラを持つって決めているんだ」

「二回？」

「そう」

大きく頷く秀平に、映美は心が浮き立つ。世界中から愛されていた長谷川秀平がまたカメラを持つとなったら、どれほどの人が喜ぶだろう。はやる気持ちを抑えられず、映美は秀平に詰め寄る。

「いつ？」

「それは……まあ、そのときになったら教えるよ」

「ええ！」と、不満をあらわにするが、秀平はそれ以上口を開かなかった。続きを促すがにこにこと笑うだけで、返事はなかった。

「おじいちゃんのケチ」

「何を何を。俺はいつだってお前たちの幸せを望んでいるんだからな」

「なら教えてよ。私がおじいちゃんのファンだって知ってるじゃん！」

それでも秀平は口を割らない。絶対知りたいと食い下がるが、頭をポンと叩かれて終わった。

「ケチ」

諦めきれない思いを込めてもう一度つぶやく。こうなったら秀平は絶対に話してくれない。伊達に二十八年間、秀平の孫をやっていない。そんな映美に、秀平はさらに笑みを深くした。

「焦《あせ》るなよ。時期を見誤るな。映美は、映美のままでいいんだからな」

「……?」

急に話が飛び、映美は訳も分からず首を傾げる。どういうことだと聞こうとした瞬間、後ろからどすどすと激しく床を踏み鳴らす音が聞こえてきた。

「こら！　二人とも！」

腰を下ろし、語りモードになっていた二人は、その声でびくりと体を揺らした。

「私はこの暑い中、買い物に行ってるっていうのに、お二人はいいご身分ですねえ……」

両手にエコバッグを抱え、怒りのオーラをまき散らす依子に、映美はピッと姿勢を正した。秀平に至ってはあまりの迫力に気圧されたのか、ごくりと喉を鳴らしていた。そこからの二人の動きは早かった。依子が大きく息を吸う。怒鳴り声が響くよりも前に映美は立ち上がり、映集めたプラスチックごみの袋を拾ってごみ置き場に走る。秀平は洗濯籠を抱えなおし、洗濯機に向かう。

「あ！　こら！」

二人が散り散りに逃げ出したため、依子の気がそれたようだ。

(さっきの話、聞きそびれちゃったな)

ゴミ袋を揺らしながら、先ほどの会話を思い出す。

(焦るな、か)

仕事は順調だ。と、心の中で頷く。

(多分、おじいちゃんが言いたいのは……)

おそらく自分の恋愛のことだろう。焦るなというアドバイスが心にしみた。焦っているつもりはなく、理由もない。自社の社長という遠い存在に手が届くわけがない。映美は何度も自分に言い聞かせた。

十年以上前の出来事を未だに引きずり、こだわり続けている。それはどうしてか。大人になれば誰しも情熱を失うだろう。

(だけど……)

思い出すのは、入社式の挨拶だ。彼の姿を見てすぐに、『彼』だと分かった。周りの音が遮断され、自分の心臓の音が大きく鳴った。全身の血液が沸騰したようになり、体がかっと熱くなった。

「社員のみなさまに期待しています」

簡潔にまとめた言葉が頭の中で響いている。少年の面影は消え、美しい男性へと変わっていたが、ただ一つ変わらないものがあった。輝の目には、あのころと何一つ変わりない熱が絶えず燃え続けていた。その瞬間、もう一度恋に落ちた。

映美の初恋は、過去の青年だ。けれども、二度目の恋は木野カメラの社長、木野輝だった。

◇　◇　◇

部長から新部署への異動を打診されて、二か月が過ぎた。夏の面影はすっかり去り、短い秋の終わりに差しかかったころだった。本格的にデジタル移行室が設立され、映美の配属日も無事に決まった。設立にあたって外注も検討されたようだが、社外秘も多いため内部から人が集められた。

すでに数人はそちらに異動しており、必要に応じて人事配置を決定しているようだ。

「相田さん、期間限定だけど頑張ってきてね」

「はい。ありがとうございます！」

広報課の部長たちに見送られ、映美は自分のパソコンと私物を持ちながら頭を下げる。また戻ってくるということを見越して、デスクはそのままだ。転勤のときは涙の別れもあったが、今は楽しみで仕方がない。新たな門出と自分を鼓舞し、映美は広報課を後にした。

自社ビルの十六階の元大会議室。デジタル移行室は、資料保存庫から一番近い部屋に設置されていた。大きな窓からは明るい光が差し込み、部屋を優しく照らしている。きっちりとデスクで区切られた広報部とは違い、取り込み用スキャナーやコピー機、デスクに上には配線がむき出しのパソコンとそれらを区切るためのパーテーション。簡易的につくられた部署が今日から映美の職場となる。

「相田さん！」

映美が入ったと同時に、明るい声で呼ばれる。声のした方に顔を向けると、映美より少し年上の男性がこちらに駆け寄ってくる。

「デジタル移行室、室長の井川《いがわ》です」

「あ、広報部から来ました相田映美です」

よろしくお願いします！　と、頭を下げる。やや大きめの声になってしまったが、井川は気を悪くした様子もなく朗らかに笑っている。

「さっそくだけど、簡単に案内するね。貴重品とかは一応ロッカーがあるけど、あんまり入らないから気を付けて」

「はい」

「あと荷物は……ここが相田さんのデスク」

案内された机は折り畳み式のもので、思わず苦笑いがこぼれた。

「期間限定部署だから、どうしてもね……。だけど、椅子はいいものを入れてもらったよ。作業で疲れないようにね」

「はい」

映美は自分の荷物を置いて、バッグをロッカーの中にしまった。「さあ、仕事だ」と、振り返ると、井川は待っていましたとばかりに「こっち」と、手招きをしている。動作の一つひとつに愛嬌《あいきょう》があり、なんとなく親しみが持てる人だ。そんな風に考えながら元大会議室を出て、廊下を挟んだドアを開ける。

「えーと、電気電気」

井川の後を追い中を覗くが真っ暗で何も見えない。ただ、明るい部署とは違い、埃っぽかった。

「あったあった」

ぱちりと音がすると同時に部屋が明るくなる。

「わ」

資料室に入ったことは何度もある。しかし、今回の移行にともない、さまざまな部署に保管されていた資料や写真がまとめて置いてあった。大きな本棚に並ぶものと、設置されたデスクに積み上げられたもの。あまりの多さに驚きを隠せず口をあんぐりと開けてしまった。

「自社ビルが建ったのが十五年前だったかな」

「ま、まさか……」

「そう。そのまさか」と、井川が大きく頷いた。映美の嫌な予感は当たってしまった。

「ここの倉庫は引っ越してきた当時のまんま」

「え、ええ？　そんなことあるんですか？」

社内には図書館もあり、過去の社内報や取材された雑誌、木野カメラ関係の書籍などがきちんと揃えられている。「それ以外の資料など破棄してもいいのでは？」と、映美は一瞬考えてしまう。しかし、視界の端に映った写真や雑誌には、その時代の生活写真や新聞などが見え隠れしている。

ぱっと見ただけで、かなり貴重なものだと分かる。木野カメラのオタクと言っても過言ではない映美には、どれもこれもお宝だ。

「……あの新聞、初めて木野のカメラの広告が載ったものですよね……」

図書館に原本はなかった。隅々まで見つくした映美が言うのだから間違いない。

「へえ。相田さんよく知ってるね」

「図書館で見ました。そのときはコピーでしたけど……不思議すぎます……」

こんな貴重なものが雑多に置かれている。「一流企業でこんなことがある⁉」と、映美は声を大にして叫びたかった。

「俺も覚えているけど、ここに越してきたときはインスタントカメラもかなり下火になってて、経営的もかなり厳しかったんだ。だから整理してる暇もなかったのかな」

井川の言葉に相づちを打っていたが、映美はふと顔を上げる。

（え、同じ年くらいかと思ってたけど、越してきたころって言ったよね？）

「どうしたの？」と、ニコニコ笑う井川は、同じ歳くらいかと思っていた。また一つ不思議を見つけたが、追及するのも気が引けた。

「雑多に保管してあるだけだから重複しているものもあるかもしれないので、分類してもらってパソコンに取り込みって形になるかな。取り込みの際に日付を入力してくれれば勝手に並び替えてくれるから、その辺は適当でオッケー」

「分かりました」

「木野カメラの歴史だから。一般公開できるものはどんどん外に発信していくみたいだね」

「お宝発掘ですね！」

映美は両こぶしをぐっと握る。秀平との関係もあるが、木野カメラは写真を一般市民に広めたという歴史がある。日々の中で日常を切り取れる写真の普及は、娯楽の一つだ。今でこそスマートフォンで簡単に奇麗な写真や動画が撮れるが、昔はそういうわけではなかった。エアコンの風にひらひらなびいている紙切れ一つが、とても貴重なものなのだ。気合が入る。汚したりしないように手袋も必要だ。服は動きやすいものがいい。

「相田さんは写真を撮ったりするの？」

どこから手を付けようかと算段をつけていると、隣から声がかかる。

「え？」

「広報部の部長さんが、すごく写真好きって言っていたから」

映美の心に突き刺さる小さな棘がうずいた。写真は好きだ。かといって、自分がうまく撮れるかは別の話。理想の色彩があって、構図があって、残したい瞬間があって……追い求めるものは多くある。映美はそれを秀平のように切り取ることが出来なかった。

長谷川秀平の孫。その肩書があるためいらぬ期待を寄せられたこともあった。けれども、映美は秀平のいた場所には届かなかった。

「写真は好きです……でも、うまく撮れるかどうかは別問題ですよね」

才能と努力の塊のような存在が近くにいると、自分の平凡さは嫌というほどわかってしまう。写真家に憧れた時期もあったが、早々に諦めるしかなかった。思うような写真が撮れないもどかしさがよみがえる。悔しさを隠すようにへらへらと笑みを浮かべれば、大抵の人は「そうだよね」と納得する。井川も同じだった。

「まあね～。じゃあ、さっそくだけど、お願いしていい？　まとめてほしいリストはここにあるから。もう少ししたら他の人も来るから」

「はい。分かりました」

今度は少しだけ気を引き締めるように口角を上げる。映美の中に吹き荒れる嵐など知らない井川は、「じゃ！」と言って、資料室を出ていった。パタン、と扉が閉まると、働いてもいないのに疲労感を覚える。

写真は好きだ。秀平も好きだ。木野カメラも好きだ。けれども、写真を撮ることは好きではない。好きではないというと語弊があるが、自分の理想といつもかけ離れているのだ。身近に秀平という偉大な存在があるからこそ、理想だけは高くなる。そして、恋を知ってからは写真を撮られることもできなくなってしまった。

「撮るのも、撮られるのも……できない」

カメラが好きだと胸を張れる。しかし、自分では何もできない。くすぶる劣等感を胸に、映美は目の前にある仕事に専念するため顔を上げた。

◇　◇　◇

新しい仕事に従事してから一か月ほどが過ぎた。

埃と汚れ、そして資料の劣化。いろいろなところに気を配らなくてはいけないため、精神的な負担と身体的負担が思ったよりも大きい。

（なんてったって、創業者一族の集合写真が出てきたからね！）

あのときの驚きといったら言葉に表せないほどだった。木野カメラは家族経営だ。白黒の表情の少ない写真の中で、社長に似た人を見つけて、心臓がすごくどきどきしてしまったのは秘密にしておきたい。そして今日もまた、映美は整理に勤しんでいる。

ジャージの上下セットを身にまとい、薄暗い資料室を右往左往する。映美の恰好を見て、他の人たちも同じような恰好で作業にあたっていた。

うずたかく積まれた資料や写真が片づいていって、少しずつ見えてくる終わりに、映美は人知れず笑みをこぼす。そんなとき、積み上がったデスクの下に落ちていたA四サイズの封筒を見つけた。

（他のは古臭いのに、この封筒だけ新しい……）

これはおそらくここにあっていいものではない。ごみとお宝の間で仕事をしている映美には、すぐに分かった。

映美は先週配布されたタブレット端末をタップする。整理がある程度できたおかげか、必要な項目がデータ化され、取り込んだ際に自動で分類してくれるようになった。それでも破棄していいのか、取り込みが必要かどうかは人の目で判断しなければならない。

外観を確認するべく封筒をひっくり返すと、『社外秘』『極秘』『閲覧不可』とこれでもかというくらい赤いハンコが押してあった。

「げっ、ナニコレ」

見つけたくなかった。心の声がそのままこぼれてしまう。こんなあからさまに誰にも見せられないようなものが、どうしてこんなところに紛れ込んでしまったのか。そして自分はどうして見つけてしまったのか。

厚さから目星をつけると、おそらく写真。閲覧不可の写真に興味がないわけではないが、見てはいけないと頭の隅で警報が鳴る。

(人は間違う生き物だって分かってるけど、どうしてこんなものが紛れ込んじゃうのかな)

戸惑いながら、映美は資料室のドアを開ける。そうして、パソコンと向き合っている井川に声をかける。

「室長。すみません」

「ん?」

くるりと椅子を回転させて、井川の視線が封筒に移る。赤いハンコで押された文字を見つけて大きく目を見開いた。

「……何それ?」

「知りません……混じってたみたいで」

「うわあ……見てないよね」

「見てません！」

「そうだよねえ」

とにかく映美は、このいわくつきの封筒をどうにかしたいと井川に押しつけようとする。

しかし、井川はひらりと体をかわして映美の封筒を避ける。

「あ！　室長！　今逃げましたね！」

「いやいや。違う違う、ちょっと待って。今、確認するから」

映美はむっとした気持ちのまま言われた通りに待つ。映美が目を細めてにらんでいると、
井川はその視線から逃れるようにパソコンと向き合った。

「……社外秘、なんてのは一般社員の俺が知るようなことじゃないからな」

上に持って行ったほうがいいか……と、ぶつぶつ呟いている。その間も映美は封筒を大事に抱えていた。

（ん？）

赤いハンコばかりに気を取られていたが、封筒の隅に鉛筆で何か書かれている。

（えみ、シリーズ）

「ひえ！　何！」

「あ、すみません。なんでもありません。早くこれをどうするか決めてください」

「あ、ああ。今確認するから」

えみシリーズ。封筒にはそう書かれてあった。

（え、えみシリーズって私の写真だよね。あ！　ＣＭ！）

自分が出演していたＣＭのことを思い出したため、写真があっても不思議ではない。

いきなり判明した事実に、映美の理解が追いついていかない。社外秘・閲覧不可・極秘。そのハンコに守られていたことと、この写真を見つけたのが自分であることに、信仰してもいない神様に「ありがとうございます」と、祈りたくなった。

この写真が表に出ることは、自分が長谷川秀平と関りがある人間だと知れ渡ってしまうことと同じだ。大人になったことで写真の面影がないかもしれないが、見た人には分かってしまうかもしれない。

（あんなにもおじいちゃんが大好きなのに。会社の人には知ってほしくないって思ってる……）

世界でも有数のカメラマン。それに対して自分は、被写体としても、カメラマンとしても成功できなかった普通の人間だ。それでも大好きな写真を諦めきれず、何とか踏ん張ってやっと木野カメラに就職できた。その程度の人間だ。

映美は複雑な劣等感を抱え込むように封筒をぎゅっと抱きしめた。

（私って、本当にダメな人間だな）

ぽつんと浮かんだ嫌な気持ち。自分を卑下することはとても簡単だ。けれど、どうあがいても自分以上の人間になるチャンスも手段もほとんどない。今あるこの環境を大切にしたい。そのためには長谷川秀平の身内ということは、どうしても隠しておきたい。

自分のずるい部分を隠すときは、いつも心が苦しくなる。ともすれば、泣きたくなるような気持ちにすらなる。悲しさと劣等感に蓋をして、逃れようとしたときだった。バン！と大きな音が部署内に響く。元は大会議室であったため、その音はとてつもなく大きく聞こえた。

「しゃ、社長！」

井川の慌てた声と驚きに開かれた目。そして『社長』という言葉。映美は心の中の複雑な感情を抱えたまま、井川の視線の方に振り向く。

（社長？）

入り口には、映美が焦がれて止まない社長の木野輝が立っていた。少し焦っているのか、周りに注意を払う様子もなくこちらに向かってくる。

まるで初めて出会ったときのような視線の強さに、映美の体が固まる。逃げ出したいような、このままここに留まっていたいような……言葉では説明できないような感情に支配される。しかし、映美のほの暗い喜びはすぐに消え失せた。輝の目に全く映美は全く映っていない。

「すまない。社外秘の封筒が紛れているって連絡をくれただろう」

「あ、えと。あ、相田さん、その封筒」

社長の突然の来訪に驚いていたのは映美だけではないようだ。驚く井川が声を絞り出すと、輝の視線がやっと映美に向いた。ずんずんとこちらに向かってくる様子から、ただ事ではないことが伝わってくる。社長自ら撮りに来ること自体異常なことだ。

(それほど、大切なもの)

いつも堂々として、上に立つ人はこんな人なんだと分からせてくれる輝の人間らしい一面を垣間見たような気がする。映美は言われた通り、そっと封筒を差し出す。

「こちらです」

憧れていた存在が目の前にいることで、心臓がうるさくて仕方がない。顔を伏せながら小さな声とともに封筒を差し出すと、大きな手が視界の端に見えた。目当てのものを渡して終わりかと思ったが、いつまで経っても手が離れていかない。

「……?」

そっと顔を上げると、目を見開いて映美を見下ろす輝の姿があった。口を真一文字に結び、何かをこらえるような表情にも見えた。目の奥に宿る情熱は依然と同じで、映美の初恋を思い出させる。

「ありがとう。こんな所に……ずっと探していたんだ」

封筒を渡す際に、手の甲に指が触れる。ほんの一瞬だったが、初めて知った輝の体温が全身を巡り映美から言葉と思考を奪った。

「それじゃあ、また」

意味深な言葉を残して輝は颯爽とその場を離れる。

（またって……言った）

もしかして気づいたのだろうか。そんな淡い期待を抱いてしまう。手の甲に残る熱に、映美は無意識のうちに唇を寄せていた。自分には届かない存在の熱を感じるうちに気づいてしまう。

（社長が私が『えみ』だと気づいたとしても、彼が望んでいるのは私ではない）

もし、映美が『えみ』だと気づいても、今はもう『えみ』ではない。その証拠に、輝は宝物でも扱うように封筒を抱えている。誰が見ても『えみ』が特別だと思うだろう。大切なのは自分ではないと分かってしまうと急激に熱が冷めていく。

（……私は『えみ』じゃないから）

『えみ』は映美だ。しかし、写真の中の『えみ』は秀平が作り上げたものであって、今の映美とは全く違う。少女時代自分の誇りだった『えみ』を今この瞬間だけ疎ましいと思ってしまう。

「忙しいところ邪魔してすまなかった。引き続きよろしく頼む」

映美の寂しさとむなしさを知らない輝は、さわやかに激励を飛ばして部屋を出ていった。

昔出会ったときとは逆で、輝に逃げられているような気がしてしまう。

「びっくりした～社長が来るなんて。相田さん、大丈夫だった？」

「あ、はい……大丈夫です」

本当は全く大丈夫ではない。心の中に吹きすさぶ嵐のような感情に気持ちがぐらぐらと揺れる。

「おーい相田さん？　びっくりしすぎた」

「っ、すみません。大丈夫です！　業務に戻ります」

せめてもう少しまともな恰好だったらよかったのか。どうでもいい見栄を張らなければいけないほど、映美の心は悲しさでいっぱいだった。

◇　　◇　　◇

どんなにむなしいことがあっても、仕事は待ってくれない。資料を分類したらパソコンに取り込み、修正や補足などを加えなければいけない。手分けをして作業しているものの、データが膨大であるため、映美たちも早く修正・保存グループの作業に回らなければならない。

（再会したら、何か変わると思っていた）

自社の社長と何か起きるなんて思ってもいなかった。けれど、頭のどこかで「もしかしたら」という思いが捨てきれなかった。

恥ずかしい……そんな思いが時々、映美の思考を支配する。それを追い払うように仕事に没頭してはまた思い出す。そんなことを何度も繰り返していたら、時間だけがどんどん過ぎていった。終業時間を迎え、ぱらぱらと人が帰りだしたところで映美も仕事を切り上げることにした。

（今日の作業効率は最低だった。こんなんじゃダメだ）

薄汚れたジャージを着替える気力もない。それでもやっとの思いで私服に袖を通して、ロッカーに備え付けられた鏡と向き合う。そこにはひどく疲れた顔をした女がいた。埃をかぶったせいか、髪は艶もない。化粧は崩れて頬と額がてかてかしている。リップははげ落ち、唇の縦筋がくっきり見えてしまっていた。

「ほんと、ひどい顔」

近くに誰もいないことをいいことに、自分に話しかける。もちろん答えなんて返ってくるわけもなく、鏡の中の自分の眉が吊り上がった。とても化粧を直して帰る気にもなれず、映美はそっとロッカーのドアを閉じた。今日は水曜日。週の真ん中で一分一秒でも早く帰ってベッドに横になりたいところだが、落ち込んだままではいい睡眠はとれないだろう。

ネガティブな考えに落ち込みがちな映美だったが、切り替え方法はいくつか持っている。好きな写真家の作品集を見たり、豆にこだわってコーヒーをゆっくりドリップし、飲んだり。ある有名俳優が声をかけるといいなんて言っていたので「おいしくなあれ」と、話しかけることも覚えた。

今日は並大抵のことでは切り替えることができなさそうだ。明日に引きずらないために、映美は少しだけ足を延ばすことにした。少し電車に乗れば馴染みのギャラリーがいくつかある。生の写真に触れたい。今日のスイッチ切り替え方法はそれだった。

「よし！」

そうと決まったら映美はスマートフォンを開いた。今は便利な世の中で、会員登録さえすれば個人ギャラリーで展示されているものを調べることができる。

大御所でも新人でも誰でもいい。とにかく写真から感じられる思いや情熱の息吹を全身に感じたかった。

画面を数度タップして検索ワードを入力すると、すぐに結果が出てきた。そして、秀平がよく利用していた個人ギャラリーが久しぶりに写真と絵画の展示を実施していることを知る。

（店主の木村さん、具合が悪くてしばらく開いてなかったけど元気になったのかな？）

顔を見に行きがてら、今日はここに行こうと決める。本社が都心にあるため、どこへ行くにも移動は便利だ。

美しいものを見に行くのに、見た目がくたびれていたらどうしようもない。勢いよくメイクポーチを取り出して、顔の油分をさっとふき取る。簡単な化粧直し用の粉を肌に叩きつけると少し見られる顔になった。オレンジのチークを軽く乗せて、消えかかった眉毛に色を足す。ワンカラーでバッチリ決まるゴールドのシャドウを瞼に乗せると、まあまあ見られる顔になった。筋の入った唇には艶の出るリップを。輪郭をぼかすようにたっぷりと塗り込むと気分も上がってきた。

「よし！」

鏡の前で口角をぐっと上げて、指差し確認。手櫛で髪を整えていると、同僚から声がかかった。

「気合入ってるね。デート？」

デート。聞きなれない言葉に映美はきょとんと目をパチパチさせる。傷心に近い心理状態なのに、そんなことを言われるほどうきうきしているように見えたのだろうか。

「いや、ちょっと気分を上げにいこうかなって」

「え～！　そうなんだ。まるで恋人に会いに行くみたいに見えたから。ごめんね」

「ううん。大丈夫です」

(恋人に会う、かあ)

そんなことは、もしかしたら一生ないかもしれない。けれど、映美にとって写真を見に行くことは真剣勝負に近い。そういう意味ではデートするときの心情と似ているのかもしれない。

(そっかあ。言われないと気づかなかったな)

ほんのり残る寂しさを隠すよう、映美はロッカーの扉を静かに閉める。

「お疲れさまでした」

「お疲れさま～」

映美は明日の自分のために、帰路とは別方向に向かって歩き出した。

◇　◇　◇

ギャラリーの最寄り駅を降りると同時に雨が降り出した。傘を差すのも戸惑うほどの小雨だったが、作品に水を飛ばすわけにはいかない。周りを見ると、誰も傘を差していない。少し視線は気になったが、映美は折りたたみ傘を開いて、人波に足を踏み入れる。服を濡《ぬ》らさないように細心の注意を払って、知った道を歩き始めた。

ギャラリーまでは駅から歩いて十五分。帰宅する人や騒がしい学生、そんな人通りの多い飲食店街を抜けて、一本裏道に入る。そこから見える薄暗い景観が映美は好きだった。繁華街と住宅街のちょうど狭間の不思議な空間。晴れた日であれば野良猫の気配を感じられるが、夜や雨の日には姿を見せてくれない。にぎやかで騒がしい気配を背に、人の家にお邪魔しにいくような気がする緊張感。街灯の数を一つ、二つ、三つ、四つ……と数えているうちに目的地に到着。時刻は十八時四十六分。就職祝いに秀平から送られたアンティークの腕時計で時間を確認する。閉店は十九時半。作品を楽しむには少々物足りない気もするが、今は時間よりも大切なものがある。

軒下で折り畳み傘《がさ》を閉じ、肩や足もとに着いた水滴をハンドタオルで払う。濡れたまま入って万が一のことがあってはならないからだ。

準備が整ったところで映美はギャラリーのドアを押す。

ドロップタイプのドアベルが軽やかな音を立て、迎え入れてくれる。それと同時に店主がゆっくりと振り返った。

「木村《きむら》さん、お久しぶりです」

「ん？　あ、ああ！　長谷川さんのところの映美ちゃん！」

昔懐かしい片眼鏡で覗き込まれ、映美はくすくすと笑う。就職してから転勤続きで全く来ることができなかった。本社に配属されたとき、店主の木村の体調不良でギャラリーを一時的に閉鎖していると聞いたときには残念というよりも心配だった。今見る限りではとても元気そうに見えるが、木村も秀平と同じ年だ。いつ何があってもおかしくない。

「いやいや。これまた美人さんになって。私も年を取るわけだ」

「ふふ、ありがとうございます」

秀平が信頼しているという点で、映美にとっても木村は心を寄せることができる人だ。お世辞でも嬉しいと口角が自然と上がる。

「ちょっと見ていきたくて。いいですか？」

「いいよ。今日のはね、都立芸術学院の生徒さんの作品だよ」

「わ！　あそこ、一昨年に写真専攻科ができましたよね。もしかしてそこの生徒さんですか？」

「そうそう」と、木村が頬を緩ませて頷く。それならば見応えがありそうだと映美は挨拶もそこそこに写真と向き合う。

「今はスマホでいろいろできる時代だけどね……これなんかは、木野さんとこのカメラを使っている写真だよ」

壁に飾られた写真は、木村の審美眼に叶ったものだけだ。そういう点で、飾られている作品は信頼できるものばかりで十枚に満たない。少ないようにも思えるが、木村のお眼鏡にかなった作品はどれもが逸品ばかりなので、十分楽しめる。取りこぼさないように映美は一枚一枚、写真と真剣に向かい合っていく。

「どれも個性豊かですね」

「そう。今回はそういったところに着目してみたんだ」

「とっても面白いです」

風景、人物、日常。ざっと見ただけでどれもこれも違っていて、とても楽しい。中にはアマゾンの奥地に出向いて撮られたのかと思うような写真もある。日の光と温度が日本とは違う。太陽の力と緑の強さが全面に押し出されたパワー溢れる作品だ。しかし、どうにも映美の心には響かない。これだけ力強ければ元気をもらえそうなのに、と首を傾げる。

「それ、都内の植物園の写真だってさ」

「え！」

自分の予想と外れていたが、違和感の正体を知ることができた。

「光の強さを調節したり、色味を変えたりしてジャングルの雰囲気をつくったって言ってたなあ。これも技術だよね」

「へえ。そうなんですね」

光と緑のコントラストは、まさに熱帯雨林の雰囲気そのものだ。改めて見ても違いが分からない。撮影者の技術のすばらしさに驚きつつも、ほんの少しだけ寂しさを覚えてしまう。今、映美が求めているのは、見たままの世界が映し出された作品だ。ついこういうところでも秀平の面影を探してしまうのが悪い癖だ。

「映美ちゃんが好きなのは、きっとこっちだよ」

そう言って木村が指差した写真は、真っ白な雪原の上に残された小さな足跡だった。

「わ、可愛い！」

動物が映っているわけではないが、映美は思わず言葉に出した。残る足跡の大きさから、たくさんのイメージが湧いてくる。どんな動物だろう。餌《えさ》を求めて出てきたのか、それとも親と離れてしまい絶望の足跡なのか……一枚の写真から想像できる。いろいろと考えるたびに、微笑ましくて口元が緩んだり、悲しくなって眉を下げたりなど、表情も大忙しだ。よく見ると雪の上には泥や小枝が散らばっていて、風の強さも感じることができる。映美の好きな『そのまま』の写真だ。

「ごゆっくり」

その言葉を受け取りながら、映美は他の写真にも視線を移す。気に入るものもあれば、そうでないものもある。映美は、個性豊かな作品を一枚一枚じっくり見つめていく。

ギャラリーでは作品も販売している。飾ってある写真をそのまま購入できるし、ポストカードなども販売している。値段も良心的ではあるが、そう簡単に出せる金額ではない。写真一枚とはいえ、撮影者の技術や今までの経験全てが詰まった作品は安いものではない。

（この足跡の写真は欲しいな……開催期間が終わったら譲ってもらえるかな。でも、これほど素晴らしい作品なら、きっといい人に買ってもらえるかもしれない……）

顎に手を当てぶつぶつと写真を見つめながら、この写真の未来まで考えてしまう。芸術家として生きていく難しさを存分に知った映美は、学生たちの将来まで背負ってしまいそうになる。

（今日はポストカードだけ買っていこう。開催期間中にもう一度来てその時に万が一残っていたら買おうかな）

普段から節約生活を送っているのはこのためだ。好きな作品にお金を出すときは惜しまないと決めている。この写真と良い出合いがあることを祈りつつ、一方で残ることを期待しながら映美は腕時計を見た。表示された持続を見てぎょっと目を見開く。閉店時間はとうに過ぎていた。なにも言われないのをいいことに、甘えすぎてしまった。

「やだ！　木村さん、ごめんな、さ……」

慌てて振り返り、「すぐに帰ります」と、続けようとしたときだった。二つの瞳が映美を捉えた。

「大丈夫。ごゆっくり」

「は、」

滑らかに紡がれた声に、一瞬聞きほれてしまった。

（ううん。それだけじゃない）

向けられる視線の強さを映美は知っている。まさか、そんな、どうして……驚きで声が出ない。視線の強さに喉をぎゅっと締めつけられる。息継ぎもできず、口の中にジワリと唾液が溜まっていく。信じられないかもしれないが、今目の前に木野カメラの社長がいる。

「え？　ど、どうして」

信じられない出来事に混乱を隠せない。言葉がうまく出てこず、映美は戸惑うしかなかった。

「時間まで待っていてくれたんだけど、木村さんには帰ってもらったよ。鍵も預かっている」

「あ、そう、なんですね」

悪いことをしてしまった。今度、木村が喜びそうなものをお詫びとして渡さなければ。そんなことを考えながら映美は頷く。

（って、そういうことじゃなくて！）

ずっと恋焦がれた人が目の前にいる。ここは会社でも初めて出会った街頭ビジョンの前でもない。芸術家の間では有名なギャラリーだが、自社の社長とバッタリ会う可能性なんてほとんどないだろう。しかも鍵を預かっているなど、信頼されている証拠だろう。

（でも、私も時々ここに来てたけど一度も会うことはなかった）

それなのに、今日は二度も会ってしまった。再会をきっかけにこんなにも縁が結ばれるのかと乙女チックなことを考えてしまう。視線が定まらず、輝を直視できない。誰が見ても顔が真っ赤に染まっているだろう。それを隠すように映美は両手で頬を押さえる。

（ほんもの……？　ほんものだよね……）

混乱して何度も同じことを確認するが、もちろん答えは出ない。本日二度目の再会に、映美は驚きと戸惑いでいっぱいだった。

「ここのギャラリーは俺もよく来るんだ。木村さんが選ぶ写真はどれもすばらしい」

「え？」

戸惑いに応えてくれたのは輝だった。映美が言うのもなんだが、木村の審美眼は確かだ。よく秀平の写真の選定に呼ばれていたのも覚えている。それならば木野カメラの社長である輝と付き合いがあってもおかしくはない。

「どれか好きなのはありましたか？」

「あ……」

気付けば会話が始まっていて、輝の視線は写真に移った。自然な流れに映美は質問の答えを探す。自分に向けられていた強い視線が外れて安心したと同時に少しだけ惜しいと思ってしまった。目の力はとは恐ろしいもので、映美から言葉と思考を奪ってしまう。心臓がまだ早鐘を打っていて、脈打つ鼓動は、会えて嬉しいと叫んでいるようだった。

「すみません。俺は怪しいものじゃなくて」

張りのあるジャケットの内ポケットから輝が何かを取り出す。よく使い込んだ上品なカードケースから取り出したものを映美に差し出す。通常の名刺とは一味違う鮮やかさに目を奪われた。

「これは、もしかして長谷川秀平の写真集『こもれび』の中の写真ですか」

名前と肩書。文字の情報よりも先に、秀平の写真集で使われていた鮮やかな緑の木々でつくられる光の揺らぎを表現した写真。映美が好きな写真でもあり、思わぬところで出会えて嬉しさが声に乗る。

「長谷川秀平さんをご存じですか。なら、このギャラリーに来る理由も分かります」

「え、あ……は、はい」

自分は孫です。などと言えるはずもなく、映美は心地よい声につられるように頷く。

「長谷川秀平さんの写真を好むのであれば、好きなのはやはりあれですか？」

つい、と輝が指差した先には、映美が熱心に見ていた雪に残る足跡の写真があった。

「風の動きと、生きる環境の厳しさもしっかり伝わってくる写真だ」

(同じだ)

映美が感じたことと同じ意見を聞き、喜びに頬がほんのり色づく。それを伝えるように隣で何度もこくこくと頷く。

「そうですよね。ありのままを映し出していて、とてもいいなって。あの写真を撮るには相当の時間がかかったんだろうな～ってところまで想像しちゃいました」

嬉しさのあまり早口になってしまった。自分の焦りがありありと出ているようで、今度は羞恥でカッと顔が赤くなる。

　きっとコロコロ変わっているであろう映美の表情を見てなのか、輝は口元に笑みを浮かべた。強い力をもった目も柔らかく細められ、映美の心は躍る。恋に関しては、初めて輝と出会ったときから全く成長がないため、こうして目が合うだけでも自分ではどうにもできない感情に襲われる。

「名刺を渡しておいてなんだけど、今日会いましたよね？」

　脳内を支配するときめきに心を奪われていると、急に現実が戻ってくる。映美がびくりと肩を震わせると、畳みかけるように輝は言葉を繋いだ。

「今日だけじゃない。一度、俺は君に会っている。そして長谷川秀平をよく知っている」

「っ」

　映美がごくりと喉を鳴らす。少しずつ逃げ場を奪われ、壁際に追い込まれているような気がしていた。

「あの日、俺は確かに君を見つけたんだ」

（覚えてくれていた）

　電流のように歓喜が全身に駆け巡り、体の隅々まで喜びに満ちていた。出会ったとも言えないような些細な出来事など、映美しか覚えていないと思っていた。

（会社で会ったときはそんなことみじんも感じさせなかった）

　けれども、輝は今確かに覚えていると口にした。

「しゃ、ちょう」

やっと絞り出した声は、喜びとは裏腹にひどくしゃがれていた。嬉しい反面どう答えたらいいのか分からず、緊張が込み上げてくる。口の中がカラカラになり、舌が上手く動かない。木村のギャラリーにいることは仕事の一貫かと思ったが、もしかしたら違うのかもしれない。

（私に会いに来たのかもしれない）

勘違いも甚だしい考えが浮かぶ。

もしかしたら、運命のような恋が始まるのかもしれない。そんな浅はかな考えで胸がキュンと締めつけられた。だとしたら、私は漫画や小説のようなヒロインになれるかもしれない。いい大人にしては少々甘ったるい考えが浮かんだ。

（うわあ、うわあ。どうしよう！）

昼間は自分にも目もくれなかったことなど、すっかり頭の外に飛び出している。ワクワクするような落ち着かない気持ちをそのままに指を絡めて遊んでしまう。

「あ、あの」

何か繋がりをとほんの少し期待を乗せた声色だった。自分でも驚くほど媚びた物言いになってしまったことに恥じながらも、映美はゆっくり顔を上げた。

しかし、そんな甘い幻想は一瞬にして吹き飛んだ。

「『えみ』、君に会いたかった」

とろりと目を細められて、熱い視線で見つめられる。その瞬間、遊んでいた指が解けて、ぷらりと力なく落ちた。

「……えみ」

自分の名前だが、全く違う誰かのもののようだ。無機質で覇気のない声が本当に自分の声かと疑ってしまうほどに。

「そう。十四歳で止まってしまった君の写真の続きに会いたかった」

『えみ』、写真。この熱い視線は、秀平によってつくられた『えみ』に向けられていたのだ。

頭を鈍器で殴られたような衝撃は遅れてやってくる。先ほどまでの天国にも上るような気持ちは散り散りになり、残ったのはただただ恥ずかしさだけだった。

(私に会いに来てくれたんじゃなかったの？)

(私は、あなたにずっと会いたかった)

(強い心を表したような真っすぐな目にもう一度自分を映してほしかった)

誰にも打ち明けられず、心の奥底で小さく育てていた恋心を今映美は自ら踏みつぶした。

(恥ずかしい。すごく、恥ずかしい)

顔が熱くなり、目尻にジワリと涙が浮かんだ。今すぐこの場から逃げ出したい。重心を少し前に傾ければすぐに走ることができる。けれども、映美はそれをしなかった。

単純に、嬉しいと思ってしまっているのだ。初恋と二度目の恋。同じ人に心を寄せ、甘い夢を見てしまった。写真の中の自分も、自分だ。そう単純に考えられればよかった。

(私の、馬鹿)

十四歳までの『えみ』は、カメラマンの長谷川秀平によってられた。自然な笑顔でいいと言われた裏には、自然光を完璧に調整し、一番美しく写されたものだ。スタジオでの写真は、秀平の指示通りの表情、ポージング、衣装。映美の意思はそこにはなかった。

「……昔の話です」

『えみ』でいることはもうできない。恋を知ったことで、気づいてしまった。カメラを向けられ、その視線の奥にある熱情は決して消えない。映美は秀平のカメラマンとしての目を見るたびに、輝の存在を探してしまう。何より、自制が利かなくなってしまう。

(欲情するなんて、知られたくない)

カメラを向けられるとあの時全身に浴びた熱を思い出して、腹の底がうずく。体が熱くなって、全身に甘い針を刺されたかのように、痺れる。一度自覚してしまうと、『カメラ』を向けられるだけで体が反応してしまうようになった。

それだけならまだしも、輝に恋をしたきっかけが『えみ』だった。『えみ』をつくれなくなった原因である輝が目の前にいて、『えみ』に会いたかったとは、なんて皮肉な話なのだろう。

(しかも、こんなはしたない体になってしまったなんて知られたくない)

自嘲を込めて少し嫌味な言い方になってしまった。そして、そんな自分の勝手さにげんなりしてしまう。

「まさか自分の会社で働いているなんて思わなかった。ああ、でもここに来たのは本当に偶然で、会社で君に会って今度は逃げられないように気持ちを整えようと思っただけだから」

「逃げる……あ、あの……すみません、あのときは驚いちゃって……気づいたら駆け出してたって感じで……」

映美の自己嫌悪や落胆に気づかないのか、輝は少し早口で言い訳をしている。映美は表情をつくりながら、輝につられるように言い訳を重ねた。

「そっか、そうだったんだね」

ぽつりと輝がこぼした言葉を最後に、沈黙が二人を包む。少し雨足が強くなってきたのか、水の落ちる音が断続的に聞こえてくる。

ぽつぽつよりも、少し強いぱらぱら。一定のリズムを刻み、時間的にも雨の強さ的にも早く帰ったほうがいいと教えてくれる。映美の自分勝手な恋心も、早く帰ったほうがいいと叫んでいた。

「……遅くまですみません。私、帰ります」

「ああ、そうですね。お互い明日も仕事ですからね」

自社の社長との会話にしては、随分ライトだなと思いながらも映美は曖昧に微笑んだ。

「お疲れさまでした。鍵閉めまで……お待たせしてすみません」

映美は、走り出したいのをぐっとこらえる。少し歩いて外に出て、傘を差して駅までの道を戻れば、またいつも通り。平常心、平常心と自分に言い聞かせながら、輝の横を通り抜けようとした。

（今まで通り遠くから見ているほうがずっとよかった）

そんな思いと共に、また涙が浮かんでくる。顎を少し上げて、口をきゅっと引き締める。外まであと少しだと自分に言い聞かせる。

「ごめん」

映美に触れるか触れないか。そんなギリギリのところを輝の腕で道を塞がれた。人混みの向こうでも、はるか遠い壇上の向こうでもない。今までで一番近い距離に、映美の心が悲鳴を上げる。

「ごめん」

「あ、の」

輝は何度も謝るが、映美の行く手を阻む腕はぴくりとも動かない。先に冷静になったのは映美だった。

「……まだ、帰したくない」

「かっ！」

映美はもう二十八歳の大人だ。発せられた言葉の意味をすぐに理解した。ぼっと顔が赤くなり、思わず大きな声が出てしまった。

「いや、違う。そういう意味じゃない！」

映美の反応から少し遅れて、輝が慌てた様子で否定する。なんだ、違った。と安堵しつつもまたもや勘違いした自分に狼狽しつつ、「んんっ」と、無意味な咳払いを繰り返した。

「名前を知りたい」

逃げることもできず、ただひたすら取り乱す映美だったが、今度は輝が先に冷静さを取り戻した。

「なま、え」

「そう。あなたの名前」

改まって自己紹介をするのは何だか気恥ずかしい。今日はいろんな感情があちこち行ったり来たりして忙しい日だ。そんなことを頭の隅に浮かべながら、こくりと唾を飲み込んで気持ちを整える。

「相田、映美です」

「相田、さん」

今日初めて『えみ』ではなく、自分に向けられた声。心がぽわりと温かくなり、映美は自然と頬が緩む。すると、映美の行く手を阻んでいた腕がぶらりと下がる。視線でその腕を追っていくと今度は口元に向かっていった。

「社長……？」

口元を手で覆い隠し、黙ってしまった。映美が見上げると、ふい、と視線がそれる。

（あ、初めてだ）

いつも力強い目を真っすぐに向けていた。映美だけではない。壇上で挨拶をしたときも、今日井川と話していたときも。初めてその視線がそれた。輝の違う面を見つけて胸の奥がキュンとときめく。知らない部分を知って幻滅するどころか、もっと魅かれてしまう。

「いや、ごめん」

また謝罪。進まない会話に、映美はどうしたらいいのか迷ってしまう。帰りたいけど、帰してもらえない。自分の心情とは裏腹な状況をどう打開すべきか、唇を少しとがらせて思案する。

「……ごめん、ちょっと待って。気持ちを落ち着かせるから」

輝の肩が上下して、呼吸を整えているのが分かる。それを見届けるように、映美は素直に待った。

「長谷川秀平さんのモデルをしていた……で、間違いないんだよね」

「……はい。途中でやめてしまいましたが」

答えるべきか悩んでしまったが、隠しているわけでもないため、映美は素直に認める。

あなたに恋をしたから。

あなたを思うと、表情が自然と恋に浮かれた女になって体が反応してしまうから。

だから、やめたの。

そう言ってしまえばどんな反応をするだろうか。きっと困るだろうと思いながらも、輝の中の『えみ』はきっとそんなことは言わない。

「毎年、楽しみだったんだ。一人の少女が成長する姿を見るのが。秀平さんの腕もあるだろうけど、被写体としての映美さんがとても奇麗で……ああ、もし会えたらってずっと考えてて……」

映美はその一つひとつに頷く。あんなに遠かった人がこれほど近くにいるのに、なぜだかもっと遠くに感じてしまう。まるで、写真の中から覗いているような。そんな不思議な気持ちに包まれていた。

「毎年どこで発表されるか直前までわからなくて。でも、大体のゴールデンウイークのときだからいつでも見に行けるようにスタンバイしたりしてて……スイスの山のふもとのギャラリーのときは本当に大変だったけど」

スイス。遠い異国の地が出てきて映美は目を丸くする。そういえばたまたま日本に来ていたギャラリー経営者と居酒屋で仲良くなって、「じゃあ俺のギャラリーで個展を開こうぜ！」と、飲み約束が実現してしまったときの話だと思い出す。

「あれは人たらしなおじいちゃんの悪い癖が出ちゃったんですよね……」

「おじいちゃん……？」

輝が驚きに包まれたように目を丸くする。コロコロ変わる表情に、映美もつられて目を丸くする。また知らない輝を知った。

「え、おじいちゃん？　長谷川秀平さんが？」

「は、はい」

「名字が違う」

「母方の祖父なので」

その瞬間、輝がぐしゃりと自分の髪を乱した。少し怒っているようにも見えて、映美は肩を小さく震わせた。

「あの狸爺《たぬき》さん……ああ、もう……十何年も振り回されたわ……」

「えっと……おじいちゃんとは知り合いですか？」

秀平を知っているような砕けた口調に、映美はおずおずと尋ねてみる。

「知り合いも何も……長谷川秀平がうちのカメラで活動してくれていたのは知っているだろう？」

「はい。もちろんです」

だからこそ映美は木野カメラへ就職したのだ。心の中で言葉にしながらうなずく。

「家族特権じゃないけど、『えみ』シリーズ発表されてからからずっと会わせてほしいって頼み込んでたんだ。だけど、会いたきゃ自分で見つけろの一点張りで全然ヒントもくれないし。マジか……今日会えたのも奇跡だって思ってて……」

「奇跡」

少々誇張しすぎではないだろうか。自分よりもわずかに年上であろう男性がうろたえる姿に、自然と笑みがこぼれてしまった。

「ふ、ふふ。そうなんです。おじいちゃんていつもそんな感じで。厳しいんです」

可愛がられている二人の孫に対してもそうなのだ。輝にそう言ったであろうことが簡単に想像できてしまう。先ほどまでは実態のない自分を演じているような感じになっていたが、秀平の話題になったことで素の自分が出てきてしまう。

「こう言っちゃなんだけど、秀平さん、俺にすごく厳しいんだよね」

「……ああ、それはきっと」

私があなたを好きだって知っているから……と、途中まで出かかってしまった。冷静になればすぐに分かってしまう。秀平は自分の存在を隠してくれていたのだ。それはなぜかと疑問を抱いた。その答えに気づいた瞬間、映美は秀平の優しさに感謝したくなった。恋に落ちて、浮かれて、のぼせ上った自分と『えみ』の存在を追い求めていた輝が出会えば惨めな結果が待っていただろう。秀平はきっとそれを見越して、無理に再会させようとしなかったのだ。こうして自然に出会えるころには互いに大人になり、客観的に自分を見つめ直せる。そう。今の映美の立場のように。

（おじいちゃん、ありがとう）

映美は、この場にいない秀平に感謝を告げる。

「きっと？」

「おじいちゃんなりの考えがあったんでしょうね。私には……分かりませんが」

最後のほうは尻すぼみになってしまった。輝が求めていたのは『えみ』であって自分ではない。それを知ることができただけでも十分だった。やっとこの恋にも、けりをつけられそうだと自分の中で心の整理をつけていく。知らない輝の視線や仕草、向けられる表情、声……知らないままならそっと心に留めておけたかもしれないが、今となってはもう遅い。少々手痛い失恋になりそうだが、こうしてプライベートで会うこともないだろう。

「あの、私はそろそろ帰りますので、鍵を閉めてもらっていいですか？」

「帰さない」

今日ここに来てよかった。そう終わらせた映美だが、輝の強い声にさえぎられた。

「あなたにもう一度会うために心を落ち着かせようと今日ここに来たんだ。ずっと会いたいと思っていたから」

「あ、え」

会いたかった。何かにすがるような声色に、終わりにしようとした恋心が揺さぶられる。そっと手を取られ、重なった肌から熱が伝わってくる。

「写真だけじゃ分からないあなたを知りたい」

「しゃ、社長」

いきなり手を取られ、戸惑う。しかし、嫌悪感はみじんもなく、むしろ喜んでいる自分がいる。

「俺は社長じゃない」

「え、と」

「名前、さっき教えた」

「え、ええ……？」

子どものように駄々をこねられて、胸が締めつけられる。手をさらに握られて、映美は「あ、う」と、小さく声を漏れる。

「き、木野さん」

遠い存在の名前を呼ぶことになるとは思ってもいなかった。じっとしていられず、足が本当に小さなステップを踏んでいる。

「自社の名前を呼ぶのって、混乱しない？」

もう一声と言わんばかりに畳みかけられる。先ほどまで「ごめん」しか出てこなかった人とは大違いだ。あまりの強引さに、失恋の痛みなど吹っ飛んでしまいそうだ。

「ひ、輝社長」

「惜しい」

外れるたびに、繋がった部分の熱がより上がる。強く握り込まれ、正解するまで離してもらえないだろう。

「君の、その声で俺の名前を呼んでほしい」

あなたがそれを言う？　自分を通して写真の中の『えみ』しか見ていないあなたが。

瞬間的に湧いてきたのは怒りだった。

「輝！」

怒りがそのまま声に出てしまった。早くこの場から逃れたくて、叫ぶように正解を導き出した。

（あ、呼び捨て）

「……………さん」

たっぷり間を置いて「さん」と繋げたが、何の意味もないだろう。

「……」

映美の勢いにやられたのか、輝はぽかんと口を開けて黙ってしまった。そして数秒後にけらけらと大きな声で笑った。

「正解。ははは、すごい勢いだったね」

「っ、それは！」

顔に熱を感じつつ、言い訳しようとすると、輝の大きなため息が言葉を奪った。

「会いたかった……初めて出会った日、怖がらせてしまったことを謝りたかった」

続けて「ごめん」と、輝が映美の手の甲を持ち上げて、額を擦《こす》りつけてくる。その瞬間、彼の吐息を肌で感じてしまい、ぞくぞくと肌が粟《あわ》立った。

「そんな、さっきも言いましたが怖がってなんて……」

絞り出した声はとても細かった。あの日逃げ出したのは自分の中に芽生えた感情の大きさを処理できなかったからだ。未成熟な自分のせいであり、輝が謝ることは何もないのだ。

「すごく後悔した。ずっと会いたかったあなたが生きていて、この世にいると気づいて、我を忘れてしまった」

「輝、さん……」

壇上で堂々と語っていた人の弱さを見てしまった。映美は背をかがめて自分に許しを請う姿に、どうしようもなく庇護《ひご》欲を掻《か》き立てられた。

「また、会いたい」

「え……」

「いろんな話をしたい。これで終わりにしたくない。あなたに会いたい」

期待を持たせるような口ぶりに、映美は本日何度目かの戸惑いに包まれていた。この手を振り払って、「ノー」と言うのは簡単だ。明日からいつも通りの日々を過ごし、映美も長年患い続けた恋に終止符を打つこともできる。けれども、体の末端から伝わる熱を振り払う勇気は映美にはなかった。

「相田さん、あなたに会いたい」

「っ、」

映美は「ずるい」と、心の中で呟く。今、輝は真っすぐに自分だけを見つめている。写真の『えみ』ではなく、まさに自分だけに向けられている視線。その目の強さに恋をした輝からの申し出を断る選択肢はなかった。触れたところから熱がじわじわと体を伝う。体の奥底に隠していた疼きがよみがえってくる。情熱を持った目につかまり、この瞬間映美はまた恋に落ちた。ころころと転がるように、三度目の恋に落ちてしまった。失恋して、また恋に落ちる。なんて単純な恋心だろう。

「わ、かりました」

こくり、と小さく頷くと、輝は子どものように「やった！」と拳を振り下ろして喜んだ。そしてスマートフォンを取り出して、急かすように連絡先を交換する羽目になってしまった。

映美のコミュニケーションアプリに、輝の名前が入る。その事実をどこか他人事のように受け止める。じっと画面を見つめていると輝が「帰りましょうか」と、切り出した。

「そうですね」

鍵を預かっているのは一度や二度ではないのだろう。輝は手際よく作品たちに不織布を被せ、空気清浄機の湿度を設定する。手伝いたいが、あいにく作品の接触防止の手袋もない。それでも手持ち無沙汰なので輝に不織布を渡したりする程度の手伝いを行う。

「ありがとう」

ふわりと微笑まれ、恋する人の笑顔に映美の心臓はすぐに高鳴ってしまう。

（あ～ダメだ。かっこいい）

そんな映美の心情など知らない輝は、あっという間にギャラリーの仕舞い支度を終える。

「入り口のカーテンを閉めてくれる？」

「あ、はい」

備え付けのシェードカーテンを下ろすと、外に出るように促される。先ほどは傘もいらないほどの小雨だったが、今ではかなりの雨模様だ。冬が近いことを知らせるような大粒の雨が、真っすぐ降り注いでいる。時折風が吹くのか、濡れた冷たい空気が映美の肌に突き刺さる。

「ああ、結構降っていますね」

「ええ。折り畳み傘だと濡れちゃいそうです」

仕方ない、とばかりに映美は傘立てにかけておいた小ぶりの傘を手に取る。何とも頼りないが、何もないよりましだろう。

「では、俺の傘を貸しましょう」

「え！　いいです」

「実は、車で来ているんです。ほら」

そう言って輝が指差す先のギャラリー専用の狭い駐車場には大型の四駆車が肩身を狭くして停まっている。以前は木村の小さなミニクーパーが停まっていたが、手放したのかもしれない。月日が経ってしまったことにしんみりしていると、輝が顔を覗き込んできた。

「わ！」

「すみません。声をかけたんですが」

「あ、ご、ごめんなさい。何ですか？」

「電車ですか？」

「あ、は……い」

輝は何か思案するように、口元に手を当てる。

「もう遅いですし、相田さんさえよければ最寄り駅まで送らせてもらえませんか？」

「そ、そんな恐れ多い！」

「でもかなり雨も強くなっていますし。明日もお互い仕事ですから」

「う、」

左手首につけた時計は、夜の八時半を示している。これから駅まで歩いて電車に乗って帰るとしたら十時近くになってしまう。そこから夕飯を食べて……なんて考えると大変ありがたい申し出だ。しかし、映美が一方的に恋慕している相手とはいえ、男性の車に乗るのは非常に気が引ける。

「じゃあ、こう考えましょう」

「……？」

「困っている社員を、社長が送る。福利厚生の一環だと思ってもらえれば」

「福利、こうせい」

就業規則に載っていただろうか。そんなバカなことを考えてしまう。社員が困っていたら社長が助けてくれる。それは立派な福利厚生だ。

「ふ、ふふ。いいですね。社長が助けてくれるなんて」

「でしょう？　では、決まりですね」

輝が大きな傘を広げて、映美に入るように促す。自分の手には折り畳み傘があるためそれこそ必要ないと首を横に振る。

「これも福利厚生ですよ。駐車場は狭いから、傘を差して入れない」

「う、では、お邪魔します」

輝を前にすると、どうも調子が狂う。自分はこんなにも会話が下手だったかのと思い知らされてしまう。輝が会いたいのは『えみ』だ。恋い慕っても結局は『えみ』のフィルター越しに見られてしまい、悲しい思いをするだけだと分かっているのに浮かれてしまう。差し出された傘の中に入ると、輝の存在がより一層強く感じられた。

駐車場までは数メートル。歩幅を合わせて歩く時間がすごく長く感じた。傘を叩きつける雨粒の音だけが耳を支配する。時々触れ合う肩から伝わる熱が体中を支配する。ピピと車のキーが開錠する音が聞こえる。

「ごめん、自分で開けて乗れる？」

「あ、大丈夫です」

屋根のあるガレージは、左右共にギリギリ一人が通れるくらいのスペースしかない。映美は傘から出て、そっと助手席のドアを開ける。

（う、わ）

開けたと同時に、ふわりと漂う上品な香り。輝に近づいたときよりももっと濃厚なシプレ系の香りに映美はくらくらしてしまう。

ここで深呼吸をしたいほど爽やかな香りだ。より一層強く輝の存在を感じてしまい、どきどきと胸が高鳴った。しかし、無邪気な子どもではないのだと自分に言い聞かせて、タクシーや実家の乗用車とは違う車に乗り込む。足場がついており、車高も高めだ。

「水は切ったんだけど、ちょっと持っててもらえるかな」

「あ、はい」

隣に乗り込んだ輝が傘を手渡してくる。自分の持っている傘より大きく、重みもある。

（やっぱり男の人の傘って大きいんだ）

初めて知ることばかりだと思いながら、映美は傘を巻いて、ボタンを留める。

「ありがとう」

「あ、いいえ」

同時にエンジンがかかる。映美は慌ててシートベルトを締めると、少しだけ温かい空気がエアコンから流れてくる。

「最寄り駅、聞いてもいい？」

「あ、国立です。遠回りになりませんか？」

「大丈夫。俺は会社の近くに住んでるから、気にしないで」

スマートフォンの地図アプリを起動しているのか、輝が小さな画面を覗き込んでいる。設定が終わると、車内の画面に同じ地図が飛ばされた。

「便利ですね」

「まあね。ナビの更新とか要らないから楽だよ」

ゆっくり発車すると、すぐに強い雨が窓を叩きつける。それに混じるワイパーの規則的なリズム。映美はその二つに耳を傾けながらぼんやりと前を見つめていた。

「相田さんはずっと本社？」

　ぼんやりしていたせいか、反応が遅れてしまった。いろいろあってかなり疲れていた映美は、またもや会話に乗り遅れてしまった。少し間を開けてしまったが、映美は急いでその質問に答える。

「え、あ、いえ、今年の四月からです。その前はあちこち転勤で……」

「ああ。そっか、そうだよね。転勤、大変だった？」

「そうですね。でも、地方の料理でおいしかったのもありますし。ただ、お国柄によって人も違うので、ちょっと大変でした」

「あ、」と、思ったときにはもう遅い。自社の社長に仕事が大変だなんて言ってしまった。慌てて口を押えるが、時すでに遅し。

「転勤に関しては俺も思うところがあって。地域のことは地域で完結できるならそれもいいよなとは思ってるんだ」

「地域で」

「そう。地元で働きたい人の窓口の一つになればいいと思ってる。地域活性化にもつながる」

　真っすぐに前を見つめる輝を映美はそっと盗み見る。確実なプランがあるのだろう。その目にはいつもの力強さが宿っていた。

　横目で見ていてもやっぱり見惚れてしまう。映美が恋した相手だった。

「ところで、地方のご飯は何がおいしかった？」

無意識にじっと見つめていると、映美の気まずさをそらすようにがらりと話題が変わった。慌てて視線をそらし、考えていますと言わんばかりのポーズをとる。

「え、と。福岡のもつ鍋ですかね。歓迎会で連れて行ってもらったんですけど、もつはぷりぷりで野菜も甘くってすごくおいしかったです」

「ああ〜いいな。想像すると食べたくなってくる」

「ですよね。丸ごと一本明太子が巻かれただし巻き卵もおいしかったです」

隣で輝が何度も相づちを打ってくれる。それに気をよくした映美は「しゃ……輝さんは何かありますか？」と流れに乗って質問する。

「え、俺？」

「あ、ごめんなさい。不躾でしたか？」

「違う。なんか、聞いてくれるのが嬉しくって」

嬉しい。映美が言うのもなんだが、輝のうぶな反応に、映美はまた胸の奥がきゅうっと締めつけられた。何回、自分をときめかせれば気がすむのだろうと、輝に恨み節をつぶやいてしまいそうだった。

「俺はそうだなあ。ありきたりだけど、北海道で食べたウニイクラ丼がおいしかった」

「いくら……」

「あれはやばかった。あまりにもおいしくて次の日の夜も行った」

「それは本当においしかったやつですね」

段々と会話の温度も上がり、戸惑うことなく話せるようになってくる。

「私、北海道の転勤はなかったんです。そんなにおいしい丼があるなら今度行ってみようかな……」

映美が「旅行がてら訪れてもいい」と続けると、輝がすぐに同意してくれる。すっかり口調も砕けてきたころには、見慣れた景色に変わっていた。

「もうすぐ駅だけど、ここで下ろしたほうが早いとかある？」

「あ……それならあそこのコンビニで降ろしてもらってもいいですか？」

そう言われたとき、家からすぐのコンビニが目に入る。映美がコンビニをを指差すと輝はすぐにウインカーを出した。

「寄る？」

「はい。夕飯を買おうかなって」

「分かった」

ゆっくりと駐車場に車を停める。ギアがパーキングに入り、完全に停車したことを確認しつつ、映美は別れを切り出した。

「ありがとうございました」

「いえ。福利厚生ですから」

「そうでした。福利厚生でしたね」

笑いながら映美がドアを開けると同時に、「待って」と声がかかる。

「傘」

「かさ?」

「雨が強い。折り畳み傘じゃ濡れる」

「え、大丈夫です。家も近いので」

濃紺の男性用の傘を渡そうとしてくる輝に、映美は今度こそ頑なに首を横に振る。

「もう遅い時間だから。男物の傘を差していたほうが防犯にもなる」

「でも」

映美はどうしても差し出された傘を手に取れないでいると、半分押しつけるように手に握らされた。

「また会う口実にさせて。お礼をしてよ」

「お、お礼。だって福利厚生の一環だって言いましたよね」

映美は輝のずるさに声を低くすると、輝はしてやったりとばかりにくつくつと笑う。

「傘のお礼ってことに。都内に同じウニイクラ丼を食べられるところがあるんだ。そこに行こう」

「ええ……それ、おかしくないですか」

温まった会話の流れで映美はそう軽口をたたく。すると輝は「大丈夫」と、何度も繰り返した。

「言っただろう？　また会いたいって。口実を作らせて」

「な！」

「ほら、遅くなるよ」

もう行ってとばかりに輝はやんわり帰るように促す。完全に輝の手のひらの上で転がされる形となってしまい、映美は慌てて車外に飛び出した。大きな傘を開いていると、助手席のウインドウが下がって輝が運転席から身を乗り出してきた。

「おやすみ」

「……おやすみなさい。今日はありがとうございました」

「うん。また」

「……はい」

今度会う約束ができてしまった。ウインドウが閉まり、先ほどまで近くにいた輝が少しずつ遠くなっていく。軽く手を振られ、映美もつられる。それを合図に、ゆっくりと車は動き出し、映美は視線で追う。赤いブレーキランプとウインカーが点滅し、左折した車はあっという間にスピードに乗り、すぐに見えなくなった。

「……夢かな」

こうこうと光るコンビニの明かりを背に、ぽつりとつぶやいた声は雨音にかき消された。右手に乗るずしりとした傘の重みが「夢じゃないよ」と教えてくれた。

私は、相田映美です

『傘、ありがとうございました。お礼をしたいのですが都合のいい日はありますか？』

『こちらこそ先日はありがとう。来週の土曜日なら時間が取れそうです。十五時に上野駅の南口で待ち合わせはどうでしょうか。児童画コンクールの優秀作品の展示があるので、見に行きたいと思っていました』

勇気を振り絞って送ったメッセージには、すぐに返事がきた。あらかじめ用意してあった文章のようだと都合よく考えてしまう。

狭い玄関に立てかけられた黒い男物の傘。異質な存在が、映美の心を毎日揺さぶった。お誘いのメッセージに少し悩んだのち、了承の返事を返す。それは『分かりました』とだけ書いた、すごくそっけないものになってしまった。

今日が約束の土曜日。映美はごろごろと部屋を転がり、輝のことばかり考えている。時々目に入る傘が、嫌でも輝を思い出させるからだ。こうなったときは、いつも秀平に相談していたが、今週は絵画教室の展示会の準備があるので不在だ。映美に仕事があるように、秀平にだってやることはあるのだ。

（……おじいちゃんは全部知ってたんだろうな）

輝に恋する自分ではなく、写真の中の『えみ』に会いたがっていたことを教えてくれればよかったのにと思うこともある。けれども、精神的にも身体的にも幼かった映美には受け止められなかっただろう。

（でも、また会いたいって言われた……）

「あれは……誰に対してなの？」

思いの込められた視線で見つめられた。昔と一つも変わらない……そこまで考えて映美は首を横に振る。昔よりもずっと強い熱願が込められていて、嘘偽りのないことを視線で語っていた。

もし、あの視線が『えみ』ではなく自分に向けられていたとしたら。そう考えると、胸の奥底が熱を帯びてくる。その熱が全身を巡って、映美の体を支配した。自分が恋焦がれた男性に身を委ねたいと、女としての欲望すら湧いてきてしまう。

「っ〜〜〜〜！」

カメラを向けられたわけでもないのに、こんなに反応してしまう。じわりと熱くなった下腹部の奥が濡れている。無意識に内ももを擦りつけると甘い声が自然と漏れ出た。

恋愛経験もなく、ただ真っすぐに過去の輝の面影を追いかけていた自分が、そんな恥ずかしい想像をしてしまったことにひたすら羞恥を覚える。

「何やってんの、もう。恥ずかしすぎる……」

濡れた陰部を忘れるようにごろごろと部屋の中を転がり、考え込み、また恥ずかしさでもだえる。

「はあ、馬鹿みたい」

何度かそんなことを繰り返し、やっと冷静になれる。

『また会いたい』

輝の真っすぐな願いに、映美の心は揺さぶられてしまった。それでなくても、初恋も二度目の恋も奪われた相手だ。今まで男性と付き合ったことがない映美は、些細なことですらキャパオーバーになってしまう。

触れ合った手の温もりがずっと残っている。記憶として強く強く焼きつけられ、手を見るだけであの日のことがすぐによみがえる。

(私も、早く会いたい)

最終的にはいつも同じ結論にたどり着く。輝が触れた部分にそっと唇を寄せたと同時に、インターホンの音が鳴り響いた。

「ひ！」

自分を慰めていたのを誰かに見られたような気がして、映美はたまらず飛び上がる。それと同時にもう一度インターホンが鳴り響いた。ピンポン、ピンポン、と連打。この押し方は、せっかちなあの人に違いない。

「よりちゃん」

「もう、いるんでしょ！　出てくるのが遅い」

「ごめんね」

ドアを開けると同時に棘のある声が飛んできた。どうやら今日はあまり機嫌がよくないようだ。仕事で何か嫌なことでもあったのだろうか。こういうときの依子は、扱いがとても難しいのだ。

「新人の子がありえないミスして、休日出勤。とばっちりもいいところだわ！」

依子はファッション雑誌の編集をしている。季節のトレンドを追い、世間に広めていく。以前に少し話してくれたことがあるが、流行りはすでに数年先まで決まっていて、流行に合わせた服や小物を紹介していく……素人には理解しにくい仕組みらしい。かなりストレスのたまる現場みたいだが、視野が広く、流行にも敏感な依子にはぴったりの職業だと思っている。

「外も寒いし。ほんと、やってらんない！」

勝手を知ったる風で靴を脱いで部屋に上がる。美人な依子が怒る姿は絵になるが、なにせ性格が少々厄介だ。映美はご機嫌を損ねないようにひたすら頷くだけに徹する。

「あいつ絶対B型。最初から合わないって思ってたの」

四種類しかない血液型で判別するのはナンセンスだと思いながらも、そういった考えもある。そう自分に言い聞かせながら映美は何度も頷く。その間に温かい紅茶の用意も忘れない。

「はい。大変だったね」

「ほんと！　月曜日、代休をもぎとってきたわ！　あ、でも休日出勤したおかげでいいニュースを早く知れたの！」

「いいニュース？」

「そう。有名カメラマンと女性俳優の写真集撮影の取材が決まったの。ほら、今春に大ヒットしたミステリードラマの主演！　知ってる？」

「知ってる知ってる！　ええ！　写真集出すんだ！」

映美は紅茶を淹れたカップを渡した。「ありがとう」と言って受け取った依子に笑顔が戻っている。

「うん！　うちの雑誌がいち早く取材して記事にできるんだ！　時々表紙を飾ったりしてくれるから、融通がきいたみたい。でも、ほんとはカメラマンにも興味があるんだよね～」

「そうなんだ。忙しくなるね」

怒りも収まってきたのか、口調の棘は少し抜けている。にこにこしながらカップに口をつける依子の目が、ゆるく細められた。カメラマンのことが気になるが、情報解禁まで言えないことがあるだろう。以前、興味本位で聞いたら急に不機嫌になってしまい、大変だったことがあるからだ。

「しかし、まああんたも隅に置けないね！」

「え？」

「玄関の、か、さ」

「あっ！」

急な話題転換に反応が遅れてしまった。しかし、さすが依子。よく見ていると心の中で感心していると、依子は楽しそうに口元に弧を描いた。

「どう見ても、男物。ドラマや映画みたいな恋を追いかけてばっかりいた映美ちゃんが、ようやく色恋に目覚めたってこと？」

「あ、う……」

「どんな人？　どんな風に出会ったの？　例の人は諦めるってわけ？」

矢継ぎ早に質問され、映美は答えを整理する暇もなかった。実のところ、映美もまだ混乱しており、自問自答ばかりを繰り返しているからだ。

「ま、待って」

「何で？　どうして隠すの？　教えてよ」

「よ、よりちゃん。待って、私もまだよく分かってなくて……」

「よく分かってないのに男の人から傘を借りるの？　おかしいじゃない」

それもそうだが、一連の流れを説明するにもとにかく時間がかかる。迫る依子の目が段々と吊り上がってきている。

「よりちゃん」

「何？」

映美はゆっくり息を吸って吐く。そして、意を決して口を開いた。

「あの傘……昔会ったあの人の傘なの」

映美が恋に落ちた瞬間の出来事を、依子には少しだけ話していた。そんな人にこだわって新しい恋をしないなんてと散々叱られたが、二十歳を過ぎたころから呆れたのか諦めたのか分からないが、何も言わなくなっていた。そのため、『あの人』の存在にピンとこないのか眉間に皺が寄っている。

「え？　どういうこと？」

「私もうまく消化しきれてないいんだけど……あのね、昔私が恋した人がいたでしょ？　傘の持ち主はその人なの」

「え……？」

言葉を失った依子を見て、映美は妙に納得してしまう。自分も同じなのだと。映美はもう一度深呼吸して、あの日あった出来事をゆっくり話し始めた。

◇　◇　◇

「ってことは、映美ちゃんの会社の社長さんが初恋の人で、その人と偶然出会って傘を借りて今日会うってことなの？」

「簡単にまとめてくれてありがとう」

賢い依子はすぐに話をまとめてくれる。説明している間深くずっと眉間に皺が寄ってい て、あまりいい印象を持っていないことは確かだった。

「『えみ』を辞めた原因が例の社長さんなんでしょ?」

「原因って言うか……」

輝を思い出して、欲情してしまうから。なんてとても言えない。映美が言葉を濁してい ると、依子の眉間の皺がさらに深くなった。

「私、ずっと心配してたの。じいちゃんはこだわりが強くて、映美ちゃんは大変だろう なって。だから辞めたって聞いたときは本当に安心したんだ」

眉間の皺がすっかり消えて、今度は気味が悪いくらいの笑みを浮かべている。

「う、うん……」

心配してくれている風に聞こえるが、どこか棘があるように感じてしまうのはどうして だろうか。恋を知った衝撃が強すぎだったため急に終わりになってしまったが、映美はや めたかったわけではない。

「だから、映美ちゃん。昔の嫌なことを思い出しちゃうなら、会わない方がいいんじゃな い?」

「え?」

映美を崩さないまま依子が詰め寄ってくる。うまく言葉にできないが、口元に描かれた 弧が恐ろしい。嫌なこととは違う。映美の気持ちの整理がつかないだけで、断言されることではない。

（なんだろう、少し変だ）

「ね、その傘、私が返してきてあげるよ」

「え？」

「会わない方がいいって言ったでしょ？　私が代わりに返してきてあげる」

何を言っているのだろう。冗談にしては少しいきすぎているような気がする。粟立つ肌をなで、映美は首を横に振る
「返すなんて……よりちゃん、彼のこと知らないでしょ？」

「待ち合わせ場所に行けばいいだけじゃん。いつも通りだよ」

「いつも通り」という言葉に、映美は口を閉ざす。昔、映美が電車で一緒になった大学生に何度かアプローチを受けたときも、依子が表立って拒否してくれたことがあった。困っている人を放っておけない性格だ。しかし、そのあとその大学生と依子が付き合ったことに驚いたりもしたが……

「じゃ、決まり。近寄らないでってばっちり言ってあげるから！」

映美の話を本当に聞いていたのだろうか。恋を知った相手に会いに行くと説明したはずだ。こうやって都合のいい部分だけ切り取られてしまうところに、映美はいら立ちを隠せない。

「私が行くから、いい」

「え？」

依子への不信感を隠すように笑みを浮かべる。

「いろいろ複雑な気持ちがあるけど、会いたいって思ったから」

いつまでたっても前に進めなかった自分とは思えないくらいはっきりと否定できた。こんな風に依子の提案を断ることがなかったため、反応を見るのが正直怖い。ごくりとのどを鳴らし、張り詰めたような空気が流れる。弧を描いていた口元が真一文字に結ばれたのは見えて、映美は体を縮こませた。

「……冗談だよ。そっか、よかったね。じゃ、そろそろ私は帰るよ。準備の邪魔になるだろうし」

怒号が飛んでくると思ったが、依子はあっさりと身を引いた。映美は口を挟む暇なく慌ただしく立ち上がる。来るのも急だが、帰るのも急だ。とりあえず怒ったような雰囲気はなくなっている。映美は無意識のうちに安堵していた。

「……じゃ、またね」

「うん。ありがとう。せっかく来てくれたのに、まともにおもてなしできなくてごめんね」

「いいよ。私も急だったし」

高いヒールを鳴らしながら、依子が出ていった。最後に傘に視線が移ったとき、依子の表情が消えたことがほんの少しだけ気になった。

「あれ……さっきまで晴れてたのに」

部屋に戻ると、先ほどまでさんさんと光が輝いていた空がうっすらと曇っている。天気予報では晴れのはずだったのに……と映美は空を覗き込む。

「傘……いるかな」

再度確認した天気予報は、曇りマークだった。にわか雨の確率も十パーセント程度。傘を二本持たなくても大丈夫そうだと思いつつ、バッグの中の折り畳み傘を確認する。映美は先ほど気にかかった依子のことをすっかり忘れてしまうほどに浮かれていた。

◇　◇　◇

曇天。冬の気配を感じる季節に太陽の光がなくなると、少し肌寒くなる。ターミナル駅に向かう電車の中も、一足早い冬支度をすませた人が多く見られた。ついこの間までギラギラと夏の日差しに照らされていたような気がするのにと、映美は冷たい空気に身をすくませていた。いつも通りの装いで外に出たところ、あまりの寒さにいったん引き返し、厚手のコートを身にまとった。

児童画展を見に行くと誘われているため、色彩を邪魔しないように、タイトな白のリブニットとココア色のペンシルフレアレーススカートを選んだ。シンプルであまり気負いすぎないようにと、映美が悩んだ末のコーディネートだ。髪型はシンプルに下ろして整えるだけにした。足元は歩いたときに音を立てないようにと、ヒールの低い柔らかいパンプスを選んだ。児童画展とはいえ展覧会だ。作品にはきちんと向き合いたい。映美は変なこだわりを持っていると自覚しているが、きっと子どもたちが描いた絵はカラフルで自由な作品が多いだろう。今日はひっそりと身を隠し、自由で楽しい世界を楽しませてもらいたい。

(それにしても……なんで児童画展なんだろう?)

今の時期、あちこちで絵画展や写真展が開かれている。児童画展が嫌なわけではなく、秀平が目をかけている子どもたちも応募するコンクールなので興味はある。輝のチョイスに少しだけ疑問を抱きながら、電車の窓に映る自分の前髪を直す。

(大丈夫かな?)

華やかな輝の隣に立つにはいささか地味なような気がしていた。自分のポリシーに従って装ったが心配になってしまう。そんな複雑な乙女心を映美は体感していた。それに、ここ最近は汚れた資料に囲まれる作業ばかりで、メイクもまともにしていなかったため、久しぶりにしっかりと肌を飾った。それもおかしくないだろうかと考えだすと、どれも全て変なのでは? と心配になってしまう。

何もかもが初めてのことで、どうしたらいいのか分からない。誰かの力を借りたいところだが、今日ばかりは自分の力でどうにかしたかった。

今までそんな気持ちになったことはなかった。初恋も入社式で会った二度目の恋も、モデルも、写真も全て諦めるばかりだった。だけど、念願の本社に配属されてから再会した三度目の恋は諦められそうにない。

前向きになれた自分の心にくすぐったさを感じながら、映美は手にかけた大きな傘に視線を移す。

女性が持つには大きい傘だ。けれども曇天なので傘を持っている人もちらほらいて、自分が浮いていないことにホッとする。

「次は、上野〜上野〜」

独特のイントネーションが降車駅を知らせてくれる。腕時計を確認すると、約束の十分前。どこかで暇をつぶすには少ない時間が再会のカウントダウンを告げているかのようで、心拍数が早くなり口の中は渇いている。緊張という簡単な言葉で片付けられない感情に、映美は後れ毛に指を絡ませる。

電車が少し揺れてドアが開いた。誰よりも先にホームに下りた足は、どんどん前に進んでいる。

(不安でどきどきするけど、やっぱり会いたいって思ってしまう)

出会ってすぐ逃げ出し、再会したと思ったら遥か遠く手の届かない人。ずっと我慢していた思いが、映美を積極的な行動へと突き動かした。

(私は、相田映美です)

写真の中の『えみ』とはかけ離れた自分だけれども、どうしても輝に本当の自分を知ってほしかった。何度も頭の中で自己紹介を繰り返す。「だから何なの?」と、バカにしたように頭の隅で自分が否定する。

しかし、そんな自分を自分が否定した。十数年に渡った初恋、二度目の恋、三度目の恋はすでに本気モードだ。

(追いかけたりしないから。邪魔をしようと思っていないから)

誰に届くでもない言い訳ばかり思いつく。少しでも輝の中に『自分』の存在を刻みつけたかった。

上野駅は在来線だけでなく、新幹線も停車する駅だ。ターミナル駅なので人も多い。キャリーケースを引いた人、大きな荷物を担いだ人、スマートフォンを見たまま歩いている人。雑踏の中を映美は軽やかに進んでいく。

目的地の南口は有名な待ち合わせ場所として知られるところだ。駅から出て環状線の下をくぐれば、有名な美術館や水族館がすぐにある。まるでステップでも踏むように進んでいた映美の足がぴたりと止まった。

「っ」

見つけてしまった。映美の中で複雑な感情がまた爆発する。先ほどまで前へ、前へと突き進んでいた足が、まるで重りでもつけられたかのように動かない。

美術館の展示品のイミテーションモニュメントの側に立つ人は、ひときわ目を引いた。名前の通り、輝かしい。グレイのチェスターコートと、長い足を引き立てるようなスキニーパンツ、寒色で合わせたブルーのニットを身にまとう輝はまるでランウェイから飛び出したモデルのようだった。スマートフォンを眺める横顔は鼻筋が通っていて、伏せたまつげの長さに驚いてしまう。映美と同じ機種のスマートフォンなのに、輝が持っていると小さく見える。

とても近寄りがたい。漫画のように「おまたせ」なんて言って気軽に近寄ることができない。先ほどまでのわくわくした気持ちと勇気が一瞬にして砕け散ってしまう。

（ああ、どうしよう）

また逃げ出したくなった。ずっと幻影ばかりを追いかけていた映美にとって、現実の相手の前に踏み出すのは、並大抵のことではない。緊張で口の中が乾燥してくる。反対に手には汗がじわりとにじみ出る。

『また、会いたい』

ギャラリーで言われた言葉が思う浮かぶ。『えみ』を追いかけて、輝は何度も自分を見つけてくれた。

（そうだ、彼は私に会いたいんじゃない）

音が立たないないパンプスを履いてきてよかった。映美はゆっくりと後ずさる。具合が悪くなったことにすればいい。また逃げたって、誰も責めない。ああ、やっぱりよりちゃんに行ってもらえばよかった。

気持ちが不安定なのは自覚していた。普通に挨拶をして会えればよかった。けれども、『えみ』にもなれない。カメラを向けられることもできない。ただ普通の人間に、輝はまぶしすぎる。過去の栄光が今の映美に影を落としてしまう。映美はもう一歩後ずさる。すると、こつんと何かが足に当たった。

「あ……」

大きな傘。今日はこれを返すために来たのだ。当初の目的を忘れてしまうほど映美は混乱していた。大きな黒の傘が責めるように存在を主張してくる。

（だって……）

でもでもだって。映美は言い訳ばかり上手になっていた。初恋のときは、何もできずに終わった。二度目の恋はあまりの遠い存在に絶望した。三度目の恋は……何がきっかけだったか。思い出すと、真っすぐに自分に向けられた強い視線。

『あなたに、会いたい』

そうだ。あれは……あれだけは自分に向けられたものだった。映美は気づく。『えみ』ではなく、『相田映美』に向けられたもの。ころころ転がり落ちた恋は、輝の笑顔や少しおちゃめなところ、福利厚生を盾にした少し強引なところ。止まらない恋心は、今そこで映美を待っている輝にも反応してしまう。

からからに乾いた口を引き締めて、映美は一歩前に進む。両手を大げさに振って、真っすぐに輝を見つめて前を向く。音の出ないパンプスはここでも活躍し、輝は映美の存在に気づかない。あと数歩で彼の元に……となった瞬間、端正な顔が映美に向けられた。視線が絡まる。その瞬間、花火でも上がったかのように、目の前がキラキラと弾けた。体が地面に固定されて動けなくなってしまう。

四度目の恋に落ちたかもしれない。輝が笑ったのだ。会えて嬉しいと言わんばかりに、それはもう優しい笑みが映美に向けられた。

「十五時ぴったり」

笑顔に見惚れ、何も言えない映美に輝が話しかけた。その瞬間、映美の固まっていた体が一気にほぐれた。

「あ、お、おまた、せしました」

口が渇いていたせいか、声がかすれる。しかも行進するように突進してしまったことに、恥ずかしさが急にこみ上げてきた。

「ちょうどいい時間だ。行こうか」

「あ、は、い……」

落ち着いている輝とは対照的に、映美の声はかさついている。二人は、児童画展が開かれている美術館に向かう。歩き始めた輝から少し遅れて、映美は少し駆け足で足並みを揃える。

「電車、混んでた？」

「いえ、それほどでも」

「そう。久しぶりに電車に乗ったけど休日はやっぱり人が多いね」

何気ない会話に映美は何とかついていく。もうずっと心臓はばくばくと強く拍動を打っているが、落ち着こうと呼吸を整えながら会話を続ける。

「今日は児童画展の表彰式なんだ。最優秀作品のね」

「そうなんですね」

「俺がプレゼンター」

「え！」

「聞いていない！」と、映美が驚いて言うと、「言っていない」と、輝が楽しそうに話した。

「表彰式って言っても、簡素なものだから。すぐ終わる」

「え、ええ……私なんか来てよかったんですか」

なぜ今日なのだ。素直に疑問をぶつけると、輝は顎に手を当て、片方の口角を上げる。

「最優秀作品がとてもいいんだ。君と一緒に見たかった。それだけ」

「……それ、だけって」

「この間、ギャラリーで作品を見る相田さんの姿勢がすごく素敵だなって思ったんだ。それで一緒に同じ作品を見たかった」

何ともくすぐったい評価だ。作品への敬意を忘れずにいたことを少しだけ誇らしく思う。

映美は照れるのを隠すようにさっとうつむいた。

「あとは、今日しかウニイクラ丼の店の予約が取れなかったんだ」

「え！　前にお話ししたお店ですか？」

「そうそう。やっぱり人気店だからさ」

　単純な映美はおいしいものへの期待でテンションが上がる。次第に緊張がほぐれていき、会話にも遅れることなく反応できるようになっていた。二人の会話が弾み、あっという間に美術館に着いてしまった。児童画展は本館とは別の建物で開催されていて、入場料は無料らしい。

「こっちだよ」

「はい」

「表彰式は十六時半からなんだ」

「そうなんですね」

　そう返事をし、少し上を見上げると「全国児童画コンクール優秀作品展」という看板が掲げられている。看板の端には主催名が書かれている。

「あ」

「ん？　どうした？」

　映美は気づいてしまった。主催名には『木野カメラ』と書かれている。「知らなかった」と、輝を見つめる。

「うちが、主催だったんですね」

「ああ、そうだね。未来に投資することも自分たちの役割だから」

　映美は看板をじっと見つめながら過去を思い出す。昔……本当に一度だけ、写真のコンテストに応募しようと思ったことがある。けれど、秀平に教えてもらっても思ったような写真がどうしても撮れなかった。色が違う。光の加減が納得いかない。何度も何度も撮り直したが、うまくいかなかった。秀平は、一朝一夕でできるわけがないと笑っていたが、映美はすぐに自分の限界を悟ってしまった。ある一定のレベルから成長しない。そして、身近に素晴らしいカメラマンがいることで、その劣等感はより強くなった。映美はそれきり写真を撮るのを諦めた。スマートフォンのフォルダーにも、食べ物や資料などどうしても必要な写真以外はない。

「こういった機会を与えられるって素晴らしいことですよね」

「そうだね。子どもたちの可能性を広げるためのチャンスをつくることが大人の仕事かなって」

「……」

すっかり忘れていたはずの過去を思い出して、少しだけしんみりしてしまう。写真も絵画も極められるのは本当に一握りだ。自分はその土俵に立つことすらできなかった。劣等感ばかりの映美だったが、こうして子どもの可能性を広げてくれる会社があり、自分もその会社に勤めていることはとても誇らしい。

「私、木野カメラが好きです」

写真という芸術と共に育ち、挫折と諦めを繰り返してきた映美だったが、芸術を大切にしてくれる会社で働いていることに改めて感謝する。

「……」

「社……輝さんも審査員をしたんですか？」

「え、あ、ああ。うん」

少し歯切れの悪い返事のような気がしたが、輝が審査した作品がどんなものか気になって仕方がない。

「早く見てみたいです」

「そうだね」

心がほっこり温かくなり、映美は浮かれた気分を隠せないまま少し足早に会場に入った。

◇　◇　◇

「わ……」

会場に入ると、真っ先にさまざまな色が目に飛び込んで来た。赤、青、黄色、ピンク、オレンジ。彩り豊かな絵画が映美たちを出迎えてくれた。

「年齢別に分かれているんだ。こっちが未就学児、こっちが低学年……」

「分かりました！」

成長の段階を追って鑑賞できるようになっている。映美は教えてもらった通り、未就学児の絵画から見ていくことにした。

「テーマはあるんですか？」

「中学年までは設けていない。高学年、中学生、高校生にはそれぞれのテーマに沿って描いてもらってる」

「へえ！」

「あえてそのテーマはここで発表していないんだ。当ててみる？」

「っ、それすごく楽しそうですね！」

興奮した映美は思わず背伸びをしてしまう。驚いたように目を見開く輝の顔の近さに気づいたときにはもう遅い。

「あ、ご、ごめんなさい。騒いじゃった」

「ううん、いいよ。楽しんでもらえそうでよかった」

映美と輝は連れ立って作品を観て回った。未就学児の絵はいろいろなものが描かれている。紙いっぱいの太陽、カラフルな昆虫、大好きなお母さんの絵など、見ているだけで心が弾む。低学年になると、とにかく可愛らしい色が増えてくる。絵具を混ぜてつくったピンクは白と赤が残り、それがまた味を出している。色がにじんでしまったことすらも微笑ましく見ていられた。

「楽しい？」

「はい！　とっても。成長が感じられてとっても楽しいです！」

隣にいる輝と「この色合いが好き」「どこどこの風景だ」などと感想を言いながら見てい

ると、楽しさにより拍車がかかる。

「さて、次は小学校高学年だ。テーマを当ててみて」

　クイズ番組のように隣でヒントをもらいながら、映美は飾られた絵の共通点を探す。夏の空の下のスイカ畑。空は青々していて、遠くの入道雲がダイナミックに描かれている。それから、雷鳴の轟《とどろき》が聞こえてきそうな土砂降りの空。遠くには青い空が見えて、通り雨だと教えてくれた。次は、いろいろな形の綿あめ、雨に濡れた蜘蛛の巣……映美は絵の前でうんうんと唸《うな》ってしまう。

「どう？」

「う～～ん」

　空の絵が多い。雨も多いが、晴れの絵もある。綿あめは何だろう。映美は瞬きも忘れてじっと絵に見入った。隠れたテーマを探すのはとても難しい。色使いなど絵のうまさに目が行きがちだが、与えられたテーマで伝えたいことがきっとあるはずだ。

　映美はそのかけらをつかもうと、一枚一枚の絵と向き合う。

「あ、」

「分かった？」

「くも、ですか？　漢字の雲や蜘蛛でなく、ひらがなのくも」

　映美が答えると、少しの沈黙の後で「正解！」と、声が響いた。「やった」と、映美は小さく手を叩き、もう一度絵と向き合う。テーマが見えてくると、また見方が変わる。子どもの絵とはいえ、雷鳴が轟くような迫力のある『くも』などは見応えがあった。

「楽しいですね！」

「よかった。次に……と行きたいところだが、そろそろ時間だな」

「時間？」

腕時計を覗くが、十六時半にはまだ時間がある。不思議に思って首を傾げると、輝が映美の背後に向かってゆっくり微笑んだ。

「秀平さん」

「え？」

聞きなれた名前に、映美は急いで振り返る。輝が笑みを向けた先には、秀平の姿があった。まず映美、そして輝に視線を移した秀平は大きくため息をついた。

「……いや〜、見に来てくれってこういうことか」

「今まで散々はぐらかされてきましたが、やっと自分で見つけましたよ」

「木野のぼっちゃんの執着がここまでとはな」

秀平がぼりぼりと頭を掻いたあと、諦めたかのように肩をすくめた。

「え、ど、どういうこと？」

二人が知り合いだということは知っていたが、今日、秀平が来ることは知らなかった。

映美は自分一人がこの場に置き去りになっているような気がして、輝と秀平を交互に見た。

「秀平さん……いや、君のおじいさんに何度も会わせてほしいと頼んでたって言っただろ？」

　輝が映美の背後に立ち、そっと肩に手を置いた。あまりの距離の近さにぴくりと体を震わせるが、その手の重さと温かさに嫌悪感はない。

「おいおい、距離が近い近い」

「いいじゃないですか、秀平さん。見つけたら俺の好きにしていいと言ったじゃないですか」

「何も言わないとは言ったが、好きにしていいとは言ってない」

　映美には分からない会話が続く。あちらこちらに話題がくるくる変わるが、何故だか会話の中にバチバチと火花が散っているような気がする……輝も秀平も普段の様子から想像できないほど刺々しい。

「……どうなんだ映美！」

「え！」

「木野の坊ちゃんのことだよ。ちゃんとお前の意思でここに来たのか？」

　投げかけられた問いに、映美はひくりと喉を鳴らした。秀平は気づいている。輝が『えみ』に会いたかったのであって、自分を望んでいないことを。

「っ、」

　喉に何かがつかえてしまったように言葉が出てこない。

「あ、の」

言葉に詰まっていると、肩に乗せられた手が少しだけ重くなる。

「映美、こいつはな」

「そこから先は、俺が話します」

秀平の言葉をさえぎるように、輝が声を出した。有無を言わさない、強い意志を持った声に、映美だけでなく秀平も一瞬でたじろいだ。

「俺が話します、きちんと。でも秀平さん、俺は生半可な気持ちでこうしているわけじゃない」

「分かった……映美……お前の意思でここにいるんだな」

「……」

秀平の視線が熱い。嘘やごまかしはきかない。抱えきれない恋心を、映美はずっと隠してごまかしてきた。けれども、今はチャンスなのだ。一度知ってしまった思いをもう隠すことはできない。

「私は……輝さんに会いたくてここに、来たの」

「相田さん……」

真っすぐに秀平を見つめて、自分の思いをぶつけた。すると、秀平はすぐに表情を崩して、にかりといつもの笑みを見せた。

「そうか、そうか。よかったな」

「おじいちゃん……」

映美がそっと前に出て秀平の側に寄る。目に涙が浮かんでいるような気がしたのは、気のせいではないはずだ。

「秀平さん……」

「お前はそろそろプレゼンターの仕事があるだろ。行け行け。俺は映美とここで少し話をしている」

秀平はしっしと追い払うような仕草を見せる。時計をみると、確かにもう時間が近づいてきていた。

「輝さん、私ここで待ってますから」

「……すぐ戻ってきますから！　秀平さんも余計なこと言わないでくださいよ！」

慌ただしく去っていく輝の背中に秀平が「気張って来い」と、手を振っている。映美もつられて手を振ると、輝が驚いたように小さく手を振り返してくれた。

「……あいつ、ほんと変わらねえな」

「ね、おじいちゃんと知り合いってのは聞いてたんだけど、どういうこと？」

輝の姿が見えなくなり、映美と秀平は表彰式開催のアナウンスをＢＧＭに壁に背を預けた。

「ん？　まあ、簡単に言えば俺が撮った『えみ』に惚れ込んだ一人だな」

「……それは、知ってる」

「俺はそれを分かっていたから、お前に何も言わなかった。あいつが惚れ込んでいるのは

『えみ』シリーズであって、お前じゃない」

「それも、知ってる」

映美はこらえきれず、下を向く。すると、表彰式のためか館内の明かりが消え、ステージにスポットライトが照らされた。

「輝さんの反応を見てれば嫌でも分かっちゃう」

辺りが暗くなったことで、表情が隠れる。暗がりの中ぽろりと本音がこぼれた。

何も教えてくれなかったのは、やはり秀平の優しさだった。ありがたいと思う反面、ほんの少しだけ悔しさがにじむ。強がるような声になってしまったが、そのくらいでしか反抗できない。

「でも、お前らは出会っただろ。そんでもって映美はちゃんと自分で考えてここにいる」

秀平は「大人になったな」と、しわしわの手で映美の頭をなでた。優しい扱いに、映美の涙腺が崩壊する。

「おじいちゃん……」

ぽろりと涙が一粒こぼれ落ちる。声が震えてしまい、映美の悲しみが秀平にも伝わったのだろう。

「泣くなよ、映美。大丈夫だって」

「だってえ……」

「あいつの態度を見ただろ？　いや、俺も最初は『えみ』としか見てないと思ったんだけだ。

「けど？」

自分の望む言葉がほしい。そんな期待を込めて顔を上げると、秀平は少し戸惑ったようだ。

「いや、そのよお……」

「適当にごまかそうと思ってない？」

「ないない、思ってないよ。いや、まあ、これ以上こじれるのもかわいそうだから言うけどよ……」

「早く！　続き！」と、急かすと、秀平はとてもバツが悪そうに頭をかいた。

「児童画の展覧会があるから、お子様たちの指導にどうですかって誘われたんだよ。多分、俺に見せつけるためもあったんだろうけど……そん時の、まあ、坊ちゃんの顔がまあだらしなくて」

「……だらしない？」

「あ～、まあ、俺があいつの立場だったらこれ以上は言いたくねえんだけどさ。もうとにかく愛しいっていう気持ちがだだ漏れなわけ」

いとしい。いとしいとは？　と、映美は頭の中で国語辞典を開く。もちろん、そんな優秀な機能は備わっていないため、『愛』という漢字だけが思い浮かんだ。

「え、どういう、こと？」

「昔の写真の被写体に向ける視線じゃないってことだ」

「そんなの、私知らないもん……。嘘だ」

「俺は嘘はつかない。知ってるだろ？」

秀平は胸を張る。その一言の説得力は絶大で、映美は押し黙る。

「おじいちゃん、いつもいい加減じゃない。部屋も片付けないし、絵具がついたシャツもそのままだし」

「それを言われると辛いけど……まあ、木野の坊ちゃんは俺にも宣言したことだし、これからすごい口説かれると思うから、嫌ならきっぱり断れよ？」

「く、ど！」

思いのほか大きな声が出てしまった。しかし、その声は最優秀作品を発表するマイク越しの大きな声でかき消された。

（よ、よかった）

タイミングが少しでもずれていたら、大衆の目の前で恥をかくところだった。恋心とは全く違うどきどきに、映美は冷や汗を流した。

「声がでかい」

「だっておじいちゃんが！」

「ほら、輝がしゃべるぞ。見ててやれ」

秀平に誤魔化されてしまったが、輝が主催として総評を述べようとしているのは本当だった。映美は秀平への追求を一旦止めて、聞こえてくる声に耳を傾けた。

『この度は、全国児童絵画コンクールにたくさんのご応募をいただきありがとうございます。一部の方々は決められたテーマで描き進める難しさをその身で感じたと思います』

スポットライトの中心で堂々と話す姿に、映美はポーっと見惚れてしまう。二度目の恋に落ちた瞬間を思い出し、心の奥がじんわりと温かくなった。

「木野カメラが主催するようになって」

「え？」

「審査員が一新された」

「審査員……？」

秀平は少しいら立った様子で腕を組み、じっと舞台を見つめている。意志を持った強い視線は、やはり種類は違えど輝とよく似ていた。

「子どもの将来の可能性をどうにかしてやりたいっていう親は、ごまんといるわけだ。審査員は有名な画家や写真家、ご立派な教育者。その中にはやたらと権力があって鶴の一声っていうのがまかり通る」

写真家という言葉に、引っかかる。もしや、秀平も審査に関わったことがあるのだろうか。

「子どもコンクール、なんていいつつも裏では結構な金が飛び交ってたんだな」

秀平のいら立ちを見れば驚きはなかった。映美は淡々とその事実を受け止める。

「でも、あいつの会社が主催になって本当に作品が評価されるようになった」

「……そっか。そうなんだ」

映美のつぶやきをきっかけに、沈黙が二人を包む。

「嘘は言わない奴だから。それは俺が保証する」

輝が締めの言葉を述べたとき、秀平がぽつりとつぶやいた。映美は真っすぐに輝を見つめたまま「うん」と、小さく呟いた。

もし、秀平が言っていたことが本当なのであれば、やはり『私は、相田映美です』ともう一度自己紹介してみようかな。と、少しだけ思い直した。


輝がステージを降りると、表彰式がお開きとなった。会場に明かりが戻り、集まっていた人がばらけていく。いつのまにか緊張していたのか、肩の力がふっと抜ける。

「さて、映美……俺はそろそろ退散しようかな」

「え、か、帰るの？」

「帰るのって、お前なあ。いい大人が保護者付きか？」

「そういうわけじゃないけど」

散々爆弾発言をしておいて、さっさと退散なんて……ありえないだろう。今映美が頼れるのは秀平しかいなかった。

「待って、おじいちゃん。もう一分だけ側にいて！　気持ちを整えるから」

「何言ってんだ。ずーっと好きな相手と再会していい感じなんだろ？　私だけ見て！　って言えばいいんだ」

「そ、そんなこと」

と、映美が秀平にしがみついた瞬間。今一番聞きたくない声が後ろから聞こえてきた。

「……好きな相手」

「おう。木野のぼっちゃん。いいスピーチだったぞ」

秀平が軽く手を振った相手はすぐに想像できた。「どうしてこのタイミングで！」と、叫びたくなったが、おそらく目の前の狸爺さんがきっちりタイミングを図ったのだろう。

「……ひ、ひ、ひ、ひか、ひか、」

声がひきつっている。映美は壊れたロボットのように、ぎこちなく首を動かして振り返る。すると、ぽかんと口を開けたまま立ちつくす輝の姿があった。よりによって一番知られたくない相手に聞かれてしまった。今こそ逃げ出すときだ。くるりと背を向けてあの日のように駆け出そうとしたとき、こつんと足に何かが当たった。

「あ……傘……」

黒の傘が、責めるように見ているような、そんな気がする。今日は傘を返しに来たのだ。その目的を達成することなく帰ることはできない。

（ああ、もう……逃げられない）

逃げ出すことを諦め、傘を差し出したが輝に手首をつかまれた。

「捕まえた」

「あ、あの……」

急な距離の詰め方に映美はさらに混乱する。先ほどまで呆然としていたのにこの変わり身の早さは何なのだろうか。ただただ映美はうろたえ、視線をさ迷わせるしかできない。

（あ、おじいちゃん……）

助けを求めて周りを見渡すが、もう影も形もなかった。こういうときばかり逃げ足が速いことをすっかり忘れていた。

「相田さん」

「は、はい……」

「今の話、本当？」

声が少しだけ震えている。結局、秀平の手を借りることになってしまったが、いつまでももだもだしている映美は背中を押された形になってしまった。

（どうしよう、どうしよう）

答えなければいけないと思っているのに、思ったように体も頭も働かない。映美がとらわれているのは腕だけではない。自分に向けられた強い視線にも縛られていた。酸素を求めるように口をぱくぱく開いて、言葉を探す。誰の助けもないいく、夢でもない。

（おじいちゃんの冗談だって言ってしまえば）

そんなことを言えば、この恋は粉々に砕け散って終わってしまうだろう。十五歳のときからずっと心を奪われていた輝との繋がりもおしまいだ。どうしてこの人にこんなに魅かれるのだろう。十数年で数回しか会っていないのに。もしかしたら好きになる理由などないのではないか。

映美は逃げる理由ばかり探していた。輝を好きになった理由。つかまれた手から視線をゆっくり移していく……

長い手、男性らしい体。誰もが見惚れるような素敵な容姿。けれども、映美が一番魅かれたのはやはり目だった。意志を持ち、生きる活力に溢れ、未来を見据える目が好きだった。映美が心底惚れ込んでいる目に見つめられてしまうと、全身が輝に囚われてしまう。

「相田さん……映美、どうか、教えてほしい」

自信と希望に満ち溢れていた強い目が揺らぐ。声と視線に不安が見て取れるほどににじんでいた。

（私の態度が、彼を不安にさせている？）

全て完璧で遠い存在だった人がこの一瞬で、すごく近しい人になったような気がした。弱い部分を見られただけでぐっと距離が縮まる。

「私は、相田、映美です……」

手首に巻きついていた手をそっと解いて両手で包む。奇しくも今日二人を引き合わせるきっかけとなった傘が真ん中だ。

「うん」

「……写真の、『えみ』とは違う存在です……」

「……うん」

うんと注意していなければ聞こえないほどか弱い返事だった。「あなたも、怖かったの？」と、線で問う。いつも自身に満ち溢れた目が伏せられて、長いまつげに弱さを感じた。

映美はもう怖くなかった。肌を通して輝の鼓動を感じる。それは勇気を振り絞った映美と同じ時を刻んでいた。

「さっきの、話は本当です。初めて出会ったときからずっとあなたを……」

思いを口にしようとした瞬間、長い指が唇の動きを止めた。

「待って」

「ひかる、さ」

「そこから先は、俺が伝えたい」

唇を離れていった指が結ばれた手の上に重なる。

「相田映美さん。君と話したいことがたくさんあるんだ」

映美の目を真っすぐに見つめ、大好きな目が細められる。もちろん、映美は大きく頷いた。

声と、温度と、感触を。写真では分からないものを。

美術館を出ると、外はさあさあと雨が降っていた。

「天気予報では曇りだったのに」

映美が空を見上げると、輝もつられたように空を仰いだ。

「でも、持ってきてくれた傘が役に立つ」

「今日も出番ですね」

輝の手に渡った傘が開かれた。映美も自分のバッグから折りたたみ傘を取り出そうとするが、片方の手ががっちり結ばれている。

「あの……手を」

「入っていけばいい」

「でも。私、持ってますし」

「人も多いから、並んで入ったほうがいい。どうぞ」

結んでいた手が離れる。二人で入るなら、手は繋げない。少しがっかりしてしまうが、傘に入れば今よりもずっと距離は近くなる。

映美の気持ちを知ったからか、輝の言動には全く遠慮がない。どこか夢見心地のまま映美は大きな傘の下に入った。先日はほんの一瞬だけの相合傘だったが、今日は駅に向かうまで一緒だ。

男性用の傘とはいえ、中に入ればそれほど広くない。濡れないように身を寄せ合うのは自然なことだった。

「予約した店なんだけど」

「はい」

「美術館近くの公園を突っ切っていくと、歩いて十五分くらいなんだ。相田さんさえよければ少し歩かない？」

輝からの誘いに、映美は考えるよりも先に頷いていた。どきどきと高揚しながらも、もどかしい距離感を楽しんでいる自分がいる。

「雨の散歩なんて素敵です」

雨粒が傘に当たる音に合わせるように会話が進んでいく。水分を含んだ空気が風に運ばれ、季節の変わり目を知る。

「寒くない？」

「はい。厚着してきてます！」

服を見せるように手を広げると、輝の目が優しく細められた。映美の恋する人が自分を見ている。それだけで、今まで我慢していた恋心が報われるような気がした。つられて目を細めると、二人だけの世界ができ上がった。

時折風が吹き、さあさあと雨は降り続いている。横断歩道の赤信号で足止めされると、会話がぷつりと途切れた。

「俺は、いつもどこかで君を探していた」

視覚障碍者用信号の音に合わせて、輝がぽつりとつぶやいた。その言葉から、懺悔のようなものが含まれているような気がしてしまう。

「初めて出会った場所に何度も足を運んだ。また会えないかって。でも、君はいない。それでも諦められなくて、みじめったらしく何度も何度も……君を探しにあの場所に行った」

信号が青になったが、輝は前に進もうとしない。人の流れに逆らうように立ちながら、映美は輝の次の言葉を待った。

「今の会社を任されるようになって、いろいろな事業を展開できた。けれども、社名にもなっているカメラ部門がどうしても伸びない」

歩行者信号が点滅し、赤に変わる。輝の声は固い。浮かれた気持ちが沈むような暗さに、嫌な予感がした。

「君をモデルに、新しい『えみ』シリーズを撮りたいと思った。続きを撮って、前のＣＭとつないでいくつもりだった」

「っ、」

現実は映美が思っていたよりもずっと残酷だった。自分たちの距離が縮まったのは『えみ』のため、そして会社の未来のためだった。過去の自分に敵わないことをまた突き付けられ、心が沈んでいく。けれども、そんな映美の心を引き上げたのも輝の声だった。

「でも、今はその考えがバカだったって思う」

信号がまた青になる。今度はそれに合わせてゆっくりと歩みを進めた。

「誰にも見せたくないって思ったんだ」

「……私を？」

「そう。相田さんを……誰にも見せたくないって」

横断歩道を渡りきったところで、二人の横を車が通り過ぎてる。小さな水たまりから泥水が跳ねた。

「危ない」

その瞬間、腰を引き寄せられた。体を預ける形になってしまい、映美の胸はますます高まった。

「ひどい独占欲だ」

「輝、さん」

腰を抱かれたまま、進むように促される。頭のてっぺんに、吐息がかかる。ぴたりと寄り添っていることが、当たり前のように思えてしまう。

「俺は本当にずるい男だと思う。君を利用しようとした」

「……」

ぐっと唇を噛《か》み、映美は黙る。『えみ』のモデルをしていたが、写真を撮られることはできなくなった。はしたない感情を隠すこともできず、中途半端に大人になった自分にそれほど価値があるとも思えない。

「でも、俺が嫌だから。君を自分以外の誰かの目に触れさせるのを我慢できそうにない」

「ひか、るさん」

「だから……」

輝はぴたりと足を止めた。もしかして到着したのだろうか。傘の中から覗き込むように見上げると、高いビルが視界に入ってきた。最近オープンした、ホテルやオフィス、レストランなどが入っている複合型ビルだ。

「俺と、付き合ってほしい。君を……相田映美さんをとても好ましく思っている。誰の目にも触れさせたくないと思うほどに」

「あ……」

懺悔と、告白。今日はとにかく感情が忙しい日だ。嬉しいと思いつつも、複雑な気持ちで心が葛藤している。

「写真以外の君を知ってしまったら、自分ではどうにもできない気持ちになったんだ」

輝に「知りたい？」と、聞かれて映美は迷いながらも小さく頷く。

「資料室の整理で、『えみ』の写真が紛れていたのを取りに行っただろう？　そのとき、汚れた顔の君を見て、ああ、うちにはこんなにも頑張ってくれる社員がいるんだって嬉しくなったんだ」

「っ、それは、すごく恥ずかしいのですが」

くつくつと思い出し笑いをする輝に、映美はむっと唇を尖らせた。

「写真の『えみ』だってすぐ気づいた。あのときだって見つけたって言っただろ？」

「……あのときの見つけたは、写真のことだとばっかり」

ギャラリーで出会ったときに聞いた話より、深い心情を輝が話してくれる。

「気づくさ。未練たらしく、写真に映った君を思い続けていたんだから。あの場で抱きしめたいのをぐっと我慢した自分をほめたい」

そう言って胸を張る姿に、今度は映美が笑いをこぼす番だった。

「まさか自分の会社にいると思わないから、とにかく気持ちを落ち着けようと木村さんのギャラリーに向かったら君がいた。もうこれは絶対……運命だって思った」

「運命……」

「そう」と、輝が力強く頷く。ぱちぱちと瞬きを数度繰り返し、言葉の意味を噛みしめる。

「作品を見る姿勢にも魅かれた。芸術家への尊敬を忘れず、きちんと向き合う態度も全てが好ましくて……愛しくて。引かないでくれよ？　俺は本気なんだから」

かなり恥ずかしいことをたくさん言われている。けれども言葉の一つひとつが、写真ではない『相田映美』としての存在を認めてくれるものだ。

それに気づいてしまうと、全身が急に熱くなって、喜びが溢れていく。

「好きです」

　十数年思い続けた。その幼い恋心は映美の全身に根を張り、しぶとく生き続けた。ずっと心のうちに隠し続けていた思いが、言葉になって溢れ出る。

「初めてのとき、逃げたりしてごめんなさい。すごくどきどきして、自分じゃないみたいで怖くなったの。そこから、ずっとずっと……」

「好きです」と、映美は続ける。しぶとく根を張り続けた思いの丈をもう一度紡ごうとしたときだった。

　映美を魅了した輝の目が視界いっぱいに広がる。大好きな輝の目が、吸い込まれそうなほど近くにある。

「誰でもない、君の表情だけが俺の心をつかんでいた。君が生まれたときからの十五枚の写真と、大人になった君の、仕草、声、表情……その全てが合わさってもうどうにもならないほど深い恋に落ちた」

　互いの吐息が混ざる距離で、そんな言葉をささやかれた。恋に落ちたのは自分だけだと思っていた。

　初めて出会った場所に何度か足を運んだがタイミングが悪く出会えなかった。入社式で再会したときなんとか理由をつけて会いに行っていれば。もう少し早く優しい愛に出会えていたのではと過去を悔やんだ。しかし、輝と出会い、再開するたび映美の恋心はどんどん育っていった。

「私は……輝さんに会うたびに恋に落ちています……」

涙と一緒にこぼれ落ちた思いは、十数年分の重みを含んでいた。一粒、二粒と頬と伝って落ちた涙が、雨と一緒にアスファルトに溶け込む。

「映美」

名前を呼ばれた瞬間、こらえきれない思いが映美の背中を押した。溶け合う吐息が一つに重なる瞬間、歩く人から隠すように傘が傾けられた。

冷たい雫が額に当たる。けれども、そんなことも忘れるほどの熱が唇を通して全身に広がった。

唇の触れ合いで、体がしびれたように動かなくなる。誰にも許したことのない場所を、愛しい人に捧げられた。映美は驚きと喜びで頭がいっぱいになる。その余韻に浸っていると、冷たい雨が顔を濡らす。

「俺も、君に会うたびに恋に落ちている」

雨足が強くなる。傾いていた傘が二人の間に戻ってきてが髪や肌は濡れてしまった。

「映美……」

長い指が映美の頬にかかっていた髪を払う。キスをしていたのは一瞬。傘で隠されたのも一瞬。けれども、髪はしっとりと濡れている。

「濡れてしまったね」

「……あ、」

髪をすくわれる。輝の長い指が髪をなで、はらはらと落ちていく。

「もう少し、一緒にいたい」

真っすぐに見つめられ、魅了されてしまう。大好きだけど、叶うことのない恋が成就したことで気が大きくなっていたのかもしれない。

「私もです。一緒に……いたいです」

食事に行くはずだった。けれども、二人の間にはその約束とは少し違う意味合いで言葉が交わされる。経験のない映美だったが、それだけは理解できた。

「狙ってたわけじゃないんだ。予約したレストランはこのホテルに入っているんだけど」

傘を持たない手が結ばれる。輝の指先は冷たく、緊張が伝わってきた。

「このホテルには、俺が時々泊まる部屋があって。映美が頷いてくれるなら」

そこに……静かに輝はそう言い切った。

(断れるわけない)

言葉をもらうたび、ふわふわと心が浮き立つ。本当に浮いているのかもと思ってしまい、一瞬だけ下を向いた。だけど、もちろん地に足は着いており、現実なんだと教えてくれる。

「はい……」

伝わったかどうか分からないくらいの小さな声だ。自分でもやっと聞こえるくらいの音量だ。頑張って返事をしたが、何も反応がない。沈黙が続いて、心配になってしまい、そろりと仰ぐ。

「輝さん……？」

そっと名前を呼ぶと、輝が我に返ったように息を呑み、つかんでいた手にも力がこもった。

「君が、いいと言ってくれるなら……」

腕を引かれ、一歩踏み出す。すると、輝は迷いなくホテルに向かっていく。自然と足が動き出す。

駅の近くにある立地のいいラグジュアリーホテル。初めて入る場所に、一瞬ひるんでしまいそうだったが、一人ではない。

「こっち」

入り口で傘を畳むために手は離れたが、すぐに結び直された。輝の姿を見つけたのか、フロントから慌てて飛び出してくるスタッフがいた。

「いつもの部屋を。ロックキーの番号は登録してあるもので。あと、レストランにルームサービスに変更と伝えておいてください」

「かしこまりました」

チェックインを省いた端的なやり取りを横目に、輝はエレベーターに向かって真っすぐ進んでいる。

あとを追う映美は、軽く会釈をするくらいしかできない。深々とお辞儀を返されてなんとも気恥ずかしかった。

エレベーターの到着音が鳴り、ドアが開く二人で足を踏み入れると、ドアはすぐに閉まった。輝が階数パネルの下にある小さな数字のボタンいくつか押すと、頭上の階数を知らせるパネルに『専用』の明かりが灯った。

輝がそのうちの一つを押すと、エレベーターがゆっくり動き出す。

会話はなく、そっと腰を引き寄せられる。雨に濡れた体が密着し、心臓が跳ね上がる。輝の胸に耳を寄せる形になり、鼓動が伝わってくる。映美と同じように少し早いように感じ、緊張していた心が少し緩んだ。

「映美」

名を呼ばれそっと上を仰ぐと、じっとこちらを見つめる目と視線が絡んだ。

「怖い？」

額がこつんと合わさる。このまま少し背伸びをすれば、唇が届きそうだ。そんなことを考えていると、思ったことが行動になる。踵を上げ、不安げに揺れる瞳を見つめながらそっと唇を寄せた。初めてのキスも、二度目のキスも輝だ。ちょん、と突くような小さなキスはとてももったない。けれども、映美の意思はきちんと伝わったようで、今までにないくらい強く抱きしめられた。言葉で伝えるよりも、行動で示したほうが早い。

「大胆だね」

「……ダメでした？」

「いいや。自分の意気地なさにがっかりしているところだ」

鼻先へのキスに、くすぐったさを感じる。少し身をよじると、さらにぎゅっと抱き抱えれた。

「ふふ」

吐息が肌をなで、むずがゆい。逃れるように笑みをこぼすと、頬にキスが落ちる。

「柔らかい。本物だ」

感触を確かめるように頬をすり寄せてくる。映美も同じように身を寄せると自然と口元が緩む。未だに夢の中にいるのではないかと思うが、肌を通して熱を感じるたびに現実だと知る。

「映美、好きだ。ずっと君を探していた」

「輝、さん……」

互いに見つめ合い、唇を寄せ合った瞬間、エレベーターが目的地に着いたことを教えてくれる。

キスのタイミングを完全に失い、同時に吹き出してしまう。

「……降りようか」

「はい」

体から輝の熱が離れ、手を差し出される。迷うことなく自分の手を重ねると、一本一本指を絡ませる。決して離さないという意思を感じて、映美は嬉しさと恥ずかしさで胸がいっぱいになる。輝の一挙一動を感じるたびに、心臓が壊れそうになる。気持ちは少しずつ追いついているが、体はまだのようだ。手にじわりと汗がにじみ、緊張が伝わってしまいそうだ。

「やばい。緊張する……」

スマートにできないと、輝が反対の手で口を覆っている。それを見て、これ以上どうしてくれるのだと映美は顔を赤くした。

「十分、スマートです」

映美は結んだ手に力を込めた。

「映美がそう言ってくれるなら、いいか」

眉を下げて、少し困ったような笑みを見せてくれる。ふにゃりと緩んだ表情は、入社式のときに見せた自信満々の笑みと全く違っていた。映美にだけ見せてくれる、新しい輝。

「っ、」

きゅん、と胸がときめく。

(男の人にも可愛いって思うことがあるんだ)

ときめきを隠せず、口が緩む。しかし、そんな風に思えたのはこのときだけだった。

「ここ」

ピピッと電子音が響いて、ドアが開いた。その瞬間手を思い切り引かれて、映美の体が傾く。

「わ」

足がもつれて倒れそうになるが、大きな何かに体を受け止められた。背後でドアの閉じる重厚な音が響き、それを合図にするかのように顔を上に向けられた。

「もう、逃げられないね」

先ほど可愛いと思った笑みはどこにもない。真っ黒な瞳に映美だけを映し、逃れられない圧を感じる。

（逃げないのに）

そう思った瞬間、吸い込まれそうな目に見つめられたまま、かぶりつくようなキスが降ってくる。

「ん、む！」

触れ合うだけのキスが二回。三回目はその二回からは想像できないような深いものだった。なめられ、はまれ、最後にもう一度なめられる。そのたびに、溶けるような感覚に襲われる。輝の支えがなければ、ふにゃふにゃと倒れ込んでしまいそうなほど、気持ちがいい。映美は宙ぶらりんになっていた手で輝の服をつかむ。苦しさと心地よさが相まり、自然と手に力がこもる。

「――、ふぁ」

舌が生き物のようだ。唇で食べられた後、味わうように舌が映美の唇をなでた。気合を入れてきたリップも全て舐《な》め取られてしまった。裸の唇を、輝は執拗になめ取った。初心者には刺激的過ぎながらも、長年輝を思い続けてうずき続けてきた体は全てを受け入れる。

（夢じゃない……？）

ずっと遠くで見続けた人が、今はこんなにも近い距離にいる。映美はどこかまだ信じられない思いで、輝のシャツをぎゅっと握りしめる。皺になるかもしれないが、そこまで気にする余裕がない。とにかく今は息をするだけで精いっぱいだ。

「──、ま、待って」

激しいキスに、ついに呼吸すらままならなくなる。唇が一瞬離れた瞬間を狙い、やっとの思いで静止する。全身がふにゃふにゃでどこにも力が入らない。体を押し返すこともできず、子猫のようなか細い声しか出せない。

「っ、あ、ふ」

「待てない」

呼吸が許されたのは一瞬だけだった。待てないなんて！　お願い待って！　そんな必死の願いは輝に届かない。片方の手で腰を支えられ、もう片方の手では顎を固定された。キスするための姿勢のようで、映美にはあがく術がない。

「ん、んぅ、」

唇を受け止めるので精いっぱいで、情けない声が漏れる。息苦しさのせいでずっと閉じていた目を恐る恐る開けると、漆黒の瞳と視線が合う。

（ずっと、見られていた）

輝は映美が焦る様子も、力が抜ける様子も……きっとキスで感じている姿も全て見ていたに違いない。

「あ——」

その事実に、全身がじんじんと熱くなる。映美が好きだと言った目に、焼きつくされそうな力を感じる。カメラを向けられることよりもずっと強く、体が反応している。欲情などという言葉では表せないほど、体が輝を欲している。我慢できずに漏れ出た声は、ひどくこびたものだった。

「見せて。隠さないで」

唇が離れていく。けれども映美を焦がした目はそのままだ。言葉にしなくても分かってしまう。

（キスして、私からって言っている）

輝の望むまま、映美は首を傾げる。力の抜けた足に力を入れて、先ほどと同じように踵を上げる。触れるだけのキスではなく、うっすら口を開ける。そして、散々翻弄した輝の唇を噛んだ。

柔らかくて温かい。知らなかった感触は癖になりそうだった。粘膜を通して伝わる熱は、手を結んだときよりずっと熱い。

「映美」

輝の目はシャッターのようだ。瞬きするたびに、彼の脳裏に焼き付けられる。自分でも知らない痴態が輝に記録されている。

（体が、熱い）

冷たい雨に打たれ、濡れた体は熱を奪われたはずなのに。体の熱はどんどん高まり、持て余してしまう。

（初めてなのに、はしたないかな）

想像したことのない世界。誰かの話を聞いたり、漫画や小説、ドラマを見たり読んだりすることでしか知らない世界。いざ自分が足を踏み入れるとなると、もっと躊躇《ちゅうちょ》すると思っていた。けれども、輝の存在が戸惑いをかき消す。

「シャワーをと言いたいけれど、そんな余裕はなさそうだ」

キスの心地よさにうっとりしていると、体がふわりと浮いた。急なことに驚いて声が漏れる。

「あ、ひ、ひかる、さん」

背中と足に手が回り、抱き抱えられている。決して軽くない自分を涼しい顔して持ち上げている。

「っ、重たいですから！　お、下ろして」

大好きな人に「意外と重たい」なんて思ってほしくない。映美はとにかく下ろしてほしいと懇願したが、返事がない。聞こえていないのかと思ったが、映美をしっかり見つめているからそんなことはない。

「輝さん……ダメ、私重たいから……」

「恥ずかしい？」

「恥ずかしいです……お願いだから、下ろして……」

こんなときでも、映美の姿を焼き付けるように見つめてくるから、思わず手で顔を隠してしまった。

「ああ、見えなくなってしまった。残念だ」

「無理、無理です……」

ふるふると首を横に振って、無理だと拒否する。残念だなんて言いながらも、とても楽しそうな声に聞こえてしまうのは気のせいではない。

「意地悪です」

指の隙間から、そっと輝を覗くと、楽しそうに目を細めて自分を見下ろしている。

「意地悪かな。構いたくなるんだ。君がここにいるって実感したいから」

下ろしてほしいという映美の願いは敵わなかった。大きなベッドの上に体を下ろされ、

「着きましたよ」なんて楽しそうにしている。

「奇麗な髪だ」

あまり派手にならないようにと整えた髪を褒められる。ひと房掬われ、輝の指の間をさらさらと流れていくのを横目に見る。

「やっぱり雨で少し濡れてるね」

湿った髪を、優しい手が拾っていく。濡れているといっても気にならない程度だ。

（輝さんはどうなんだろう）

そっと手を伸ばして輝の髪に触れてみると、思いのほか柔らかい髪の毛が指の間を通っていく。

「輝さんも、濡れてる」

少し癖のある柔らかい髪をなでていると、くすぐったそうに目を細めた。

「まるで誘ってるみたいだ」

「さ、そ」

「男の髪を触るのは、俺だけにしてくれよ」

そう言って輝は拾った髪に唇を落とした。映美に見せつけるように、視線はずっと絡まったまま。一つひとつの動作に色気がにじみ出ていて、映美は叫びだしたい気持ちでいっぱいだ。

（可愛くて、セクシーで……いろんな顔を持っている）

「輝さんだけです。こんなことをするの……」

「そう。それなら、いい」

輝の指の間から髪が流れ落ちていく。全てベッドの上に落ちたのを合図に、漆黒のレンズが近づいてくる。映美は一瞬でも見逃したくなくて、目を開いたまま近づく輝を受け入れる。

「ん……」

舌を絡ませ、唾液を交えるキス。輝が先ほど手本を見せてくれた通り、映美も同じように返す。くちゅくちゅと水音が絡み、溢れた唾液が口角を伝って首筋に流れる。その間も決して視線はそらさないまま。

「映美、えみ……」

名前を呼ばれるたびに、愛しさが溢れる。三度目の恋でようやく実を結び、そのまま彼と繋がろうとしている。早急かもしれない。もっと時間をかけたほうがいい。誰かがそう言うかもしれない。けれども、ずっと遠くから見つめて思いを寄せた人が目の前にいるのだ。映美がずっと育んできた恋心と、強烈な体の疼き。我慢などできそうになかった。

リブニットの裾から、輝の手が入り込んでくる。映美の熱よりも低い指先が、体温を奪っていく。思わず体が震えるが、すぐに互いの体温で溶け合って心地よさが広がる。

「ん、ん……」

大きな手が背中をなで、ブラジャーの留め具に触れた。少々生々しい触れ合いに、映美は思わず目を閉じてしまう。

「っ、あ」

その瞬間、独特の拘束感がなくなる。シニヨンメーカーを外した器用さはここでも発揮された。機能を失った布を、ふくらみが押し上げる。大きな冷たい手は、その名残をなでるように動いて、目的地に到着したようだ。恥ずかしさを隠し切れないが、いとしさで精いっぱいの心に直で触れられたようで、心地よさが巡る。

「——あ、んぅ……」

形を知ろうとするように、指が、手のひらが、映美のふくらみの際をなでていく。ずっとずっと知りたかった快楽の入り口に立たされ、口から喜びの声が漏れ出た。

「脱がすよ」

甘いバリトンでささやかれる。とろりとした媚薬のような声に、映美は自然と頷いている。

脱がそうと思えばすぐにできるのに、輝はゆっくりともったいぶったようにニットの裾を上げていく。少しずつ肌があらわになるのは、映美は何ともいたたまれない気持ちだ。

(もう一気にやっちゃって欲しい)

情緒のかけらもない考えが浮かぶ。そんな映美の気持ちとは裏腹に、輝は肌にキスを落とす。一度ではない、何度も……

「プレゼントを開ける気分だ。俺だけの、映美」

「脳裏に焼き付ける」と、言葉を残して、輝は映美の肌に吸いつく。輝の唇が通って行ったあとは、肌がぴりぴりと痛む。

「はあ……」

息の漏れる音が頭上から聞こえる。輝が体を起こして、映美を見下ろしていた。乳房がこぼれるかこぼれないかギリギリのところまでたくし上げられたニット。乱れた髪。スカートは乱れて太ももまでずり上がっている。

「奇麗だよ」

うっとりと、高揚した声だった。声だけではなく、突き刺すような激しい情欲を含んだ視線に全身がさらされる。

輝のまなざしが、唇、隠れた乳房、今しがた散りばめられた痕に向けられる。

（や、だ……写真を撮られているみたい）

視姦されているようだ。映美はその視線から逃れられず、ただ息を荒くする。ボディタッチもなく、ただ見られているだけ。それだけで映美の興奮を誘った。

「ずっと……君を思っていた」

大きな手が、肌をなでる。形と感触を確かめるように、腹、腕、頬と順番になでていく。

「裸の君を想像したこともある」

そして、ゆっくりとニットで隠されたふくらみを再度なでられた。服が少しずつたくしあげられて、乳房が空気に触れた。

（私の、裸……）

衝撃的な告白にも、映美は嬉しいと思ってしまった。自分は輝を想像し、欲情していたため、心の中でおあいこだとこっそり思う。映美の中で輝がずっと焼きついていたと同じように、彼の中にも自分はいたのだ。こんな風に情欲を抱いてしまうほどに。

「キスをしたら、どんな反応をするか」

小さく唇が合わさる。リップ音を立てながら離れていく。そのあと、人差し指で映美の唇を縁取るようなでた。

「そんなことばかり思いながら、君の写真にキスをしてた。俺のとっておきの秘密だ」

「あ……」

秘密を教えてもらったことで心の距離がぐっと近くなった気がした。嬉しくて、体が震える。

「想像よりも、ずっと素敵だ」

ふるりと揺れた乳房は、映美が見ても分かるほどに先端を固くしピンクに色づいていた。恥ずかしいのに、隠したくない。そんな複雑な思いを胸に、映美は輝の視線を受け止める。

「幻滅した？」

「うう、ん」

映美は首を横に振る。

「幻滅なんて、しない。だって……」

上半身が全てあらわになる。衣擦《きぬず》れの音が消えたあと、映美はそっと腕を伸ばした。

「私は……ずっと輝さんを欲しいって思ってた。全部欲しいの」

心も体もずっと輝だけを欲してきた。大好きだったカメラと結び付けて体が反応してしまうくらい輝が欲しかった。自分こそ幻滅させてしまうのではと、そんなことを思いながらも、伝えずにはいられなかった。

「お互いずっと欲していたってことだ」

秘密を共有することで、二人の距離が一層縮まる。震える唇に、キスが落ちてくる。体が近くなったことで、映美は輝の首に腕を回した。つたなさを残した舌の交わり。自然と流れた唾液を、輝がなめ取る。頬から耳の裏へ。丁寧になめ取っている間、大きな手が映美の乳房の形を変える。

「ん――、あぁ」

指の関節が硬くとがった先端をかすめるたび、甘い声が漏れ出る。聞いたことのない自分の声に、驚きながらも小さな快楽たまらない。

「可愛い声だ……もっと聞かせて」

映美の反応が悪くないと気づいたのか、長い指が先端をいじる。軽くこすられるだけで、腰が浮いてしまう。

「あっ、ああ、ん、」

輝のおねだりに応えるように、映美は嬌声を上げる。器用な指は、映美の快楽をすぐに見つける。キスをしながら、映美の顔を見ながら。先端だけを執拗にいじめられる。

「――っ、はぁ……」

気持ちいい。ぼんやりとそう口にしていた。

「俺も、君に触っているだけで気持ちがいい」

ちゅ、と小さなリップ音を鳴らしながら、先端にキスが落ちる。指でいじられるのとは違う感覚に、映美はびくりと体を震わせた。

「今、食べてあげるからね」

そんな宣言と共に、輝が腫れた蕾を口に含む。

「あぁっ！」

食べるという言葉の通り、舌で転がされ、唇で嚙まれる。チュっ、と吸う音も聞こえてきたが、何をされているか考える余裕もない。輝の目を見たいと思うが、快楽に翻弄され、目をつぶってしまう。

「映美、俺を見て」

「あ――」

そんな風に促されて目を開けると、映美の乳首をなめ取る輝がいた。恥ずかしくてたまらない。けれども、興奮する輝を見ると何かが満たされた。

「こんなにも、君に夢中だ」

映美をむさぼりながら、そんなことを口にする。熱烈な言葉に、映美の熱がある部分に集まる。腹の奥底。おそらくこれから輝を受け入れるであろう場所。じんじんと熱を持って、映美ではどうしようもない感情を抱く。

「夢みたいだ。君が、ここにいる。俺の手の中に」

「輝、さん……」

体の隅々までなでられる。そのたびに体がうずいた。びりびりとした刺激が全身を巡る。

いつしか大きな手は、スカートの隠れた部分にまで伸びている。

「っ、あ、そこ……」

「そう。君が俺を受け入れる場所」

内ももの柔らかい部分を、円を描くようになでられる。厚手のタイツの上からだったが、今までとは違う刺激に、映美は声を漏らした。内ももをなでていた手が、少し中に入ってくる。布越しの刺激だが、何かが違う。この先にある、何かを想像させる動き。

「あ……あ、ん」

「はぁ……」

輝の吐いた息が肌をくすぐる。十分に高まったはずの性感がさらに増す。これからどうなってしまうのだろうかと、映美は翻弄されていた。けれども、少しも嫌ではない。輝の視線、手つき、愛撫《あいぶ》全てが愛を伝えてくれる。映美も負けじと、輝の背中をなでる。映美ばかり乱れているようだが、肌をなでる吐息がそうではないと語る。

「腰、浮かせて」

スカートのサイドファスナーがゆっくり下ろされる。指示通り腰を浮かすと、軽い衣擦れの音と共に、スカートとタイツが下ろされた。身を守る服が少しずつ剝がされて、飾らない自分があらわになる。

「可愛い。これ以外、何て言ったらいいか分からない」

片足を持ち上げられ、内ももにキスが落ちる。手の愛撫とは違う、ねっとりとした熱を帯びていた。

「可愛い。もっと、声を聞かせて」

「ひっ、ぃん」

かぷ、と噛みつかれた。ひときわ柔らかく白い内腿を。少し歯を立てられ、軽く痛みが走る。しかし、その噛んだ痕を輝はいたわるようになめ取っていく。そうすると痛みも忘れて、すぐにあえいでしまった。

「ここ、濡れてる」

淡いパープルの下着のクロッチ部分を見つめて、輝が口にした。

「濡れ、てる」

言われたまま、ならうように繰り返す。

「ここ、ほら」

長い指が、誰にも暴かれたことのない場所を押すと、くちり、と小さな小さな水音が響いた。よく聞いていないと聞こえない音だが、全身の神経が敏感になっていた映美は、その音を鮮明に拾った。

「気持ちいいと、濡れるんだよ」

「あっ、はぁ……」

知っています。とは言えなかった。輝の視線を想像して、ずっと体が反応していたから。ずっと体の奥底に閉じ込められていた情欲が表に出てきている。

（きもち、いい……）

輝から与えられる刺激のすべてが心地よい。少し強引に布を押しのけて輝の指が中に入り込んでくる。自分ですら知らない場所に入り込んできたものに、映美は体を固くして警戒してしまう。

「俺を受け入れてくれるんでしょ？」

「あ、う」

映美も子どもではない。どういう意味かすぐに理解した。戸惑いながらも頷くと、「ありがと」と頭をなでられた。

「少し、待ってて」

ベッドをきしませて輝が体を起こす。そのままブルーのニットを脱ぎ、床に投げ捨てた。初めて見る男性の体。写真でしか見たことがないような、割れた腹筋と、たくましい腕。少し体をよじらせて立ち上がると、長い足ではいていたスキニーパンツを抜いていく。凹凸のある背筋、きゅっとしまった臀部。ボクサーパンツがぴったりと筋肉に沿い、まるで彫刻のような素晴らしい体だった。

「すごい見られてる」

ベッドの端に立って、輝はボクサーパンツのウエスト部分に手をかけた。だらしない顔をしていると自覚しつつも、美しい体を惜しげもなくさらす輝から、目をそらせなかった。

「君になら、どこを見られたっていいよ」

輝が映美を焼き付けるように、映美もまた、瞳というレンズを通して輝を焼き付けていた。

どきどきと胸が高鳴る。ボクサーパンツが下ろされるというところで、輝はベッドに戻ってきた。

「あ……」

「そんなに見つめられると、俺もやばい」

そう言って唇がふさがれる。思わず目をつぶってしまうと、小さな衣擦れの音が聞こえてきた。

（見たかった）

そんな風に思っていると、またベッドに縫い付けられる。耳元で「余裕だね」と、囁《ささや》かれた。

「余裕なんて……全部初めてなのに」

思わず反論してしまい、はたと気づく。ずっと好きだったと伝えたが、経験が無いことを言っていなかった。恐る恐る輝を見上げると、とろりと目を細ませて、不気味なほど口元に弧を描いている。

「ひ、かるさん？」

「こんな嬉しいことはない」

全身をくまなく見つめられ、視線の強さに焼かれてしまいそうだ。この視線を浴びられるなら、全てを輝に捧げたいと思ってしまう。

「全部、本当に俺が欲しかった。俺は欲張りだから、この美しい体に誰かが触れたと想像するだけで、怒りを抑えきれない」

「そ、んな」

映美の体に触れるすべてが独占欲に満ちている。

「全部、俺にくれる？」

「あ、んぅ……」

舌が首筋をなでる。肌をなでる動きに翻弄されながらも、映美は何度もうなずく。

「全部、輝さんにもらってほしい」

視線を絡ませながら息も絶え絶えにそう懇願する。すると、輝の喉が上下し、生唾を飲む音が聞こえた。

「……痛いかもしれないから、ゆっくりほぐしていくから」

映美の許可を取ったからか、輝の指の動きが少しだけせわしなくなる。キスや乳房への愛撫を続けながら、少しずつ指が中に入ってくる。

「あ、ああ……」

つぷ、つぷ、ゆっくり。でも存在感を示すように中をいじられる。少し圧迫感があるが、輝の唇によって続けられる愛撫に痛みは感じない。

（あった、かい）

　自分の中が温かいのか、それとも輝の指が温かいのか。どちらか分からず、映美は温もりを受け入れる。中で指が揺れると、びくりと腰が浮く。くちくちと漏れた蜜の絡む音が響き、映美の羞恥を誘う。

「あ、あぁ――、んっくぅ……」

「辛い？」

　映美はすぐに首を横に振った。

「もう一本、増やすよ」

　そう言ってすぐに、中を探る指が二本になる。今度は少しだけ、痛みが走った。しかし、輝は予想していたのか、乳首を舌で転がし始める。

「あっ、ああ！」

　痛みを忘れるほどの刺激に、映美はたまらず叫んでしまった。気持ちいい。痛みよりも快楽が先行する。自分でも驚くほど従順な体で輝をもっと感じていたかった。

「そろそろ、いいかな」

　蜜を絡めながら指が中から抜けていく。最終的に何本入ったかまで考える余裕はなかった。

「は、は……」

「少し、イケたかな」

　指が抜けたとき、一瞬だけ意識を失ってしまった。

「い、く……」

「そう。気持ちよくなった証拠」

頭をなでられて、映美はうっとりと目を閉じる。いじられた中からトロトロと蜜が流れ落ちるのを感じながら、輝の熱を恋しく思っていた。

キシリ、とベッドが音を立てる。

「映美の全てを知りたい」

「あ……」

おそらく今の会話の間に、避妊具を付けたのだろう。乱暴に破り捨てられたパッケージが映美の視界の端に映る。薄い膜をまとった輝のモノが、映美の腹に擦り付けられた。視線を少し下にすると、薄い隔たり越しでもわかる、赤黒い剛直。映美の体と同様に、熟れて、今にも弾けそうに見えた。腹に当たる質量の大きさに、どくどくと心臓が早鐘を打つ。もしかしたら、すごく痛いんじゃないか。散々快楽むさぼっていたが、今になって急に恐怖心が湧き出てくる。

「少し、痛いかもしれない」

「あ……」

悲壮感を含んだ声と共に、また頭をなでられる。男性の気持ちは分からないが、我慢してくれているのが伝わってくる。荒い息、情欲をはらんだ目。言葉以外でも欲してくれているのが分かる。それがダイレクトに伝わってきて、映美はずっと輝を欲していたことを思い出す。その瞬間、腹の奥底からじわりを蜜が湧き出てくる。映美の秘部を伝い、ひくついている。

「輝さん、好きです」

「あなたに全部見て欲しい。貰ってほしい」と、映美が続けると、輝の喉がごくりと上下する。

「……挿れるよ」

濡れた入り口に先端を押し付けられる。数度入り口をこすったあと、ゆっくりと腰が進められていく。指とは違う質量に、映美は叫びに近い声を上げる。

「ん、ああ！」

「っ、せ、まい」

中をかき分けるように、ゆっくり剛直に貫かれる。痛みで顔をしかめていると、温かい唇が映美の目尻に落とされた。

「泣かないで」

「ん、あ……だい、じょうぶ」

悲しいとか痛いわけではない。そう伝えたくても言葉がうまく出てこない。辛いことなど一つもないのだ。それを伝えたくて、映美は唇を重ねる。

「す、き」

「えみ……」

「ずっと、あなたに会いたかった……」

その言葉を合図に、腹の奥底に鈍い衝撃が広がる。一瞬呼吸が止まり、中心部から広がる痛み。それでも、映美は幸せな気持ちでいっぱいだった。

「は、は……」

輝の吐息と、額から落ちた汗が映美の肌をくすぐる。全部入った。輝と一つになれた。そう思えば、何も辛くなかった。

「ひかるさん……」

大好き。そう言ってたくましい体を抱きしめると、すぐに強く抱きしめ返された。

「俺は、愛してる。誰よりも、映美を」

「ふふ……私も、愛してる」

愛している人と体を繋げることは、こんなにも心地いいのか。映美は息を吐きながら、今ある幸せを全身で感じていた。

（すごい……幸せ……）

頭の中で思っていたことがそっくりそのまま口から出ていたようだ。輝が、「俺も」と返したことで思わず笑ってしまった。

「っあん……」

痛みが落ち着いてきたころ、中を埋めていた輝がゆっくりと動き出す。中を軽く揺さぶられて、嬌声が漏れた。それを聞いた輝の動きが少しずつ大胆になってくる。映美をよく

見て、感じるところを中心に責めてくる。

「んぁっ、ああ！」

いつしか痛みは薄れ、従順に快楽だけを拾っていた。それが怖くなって、すがるように輝に抱き着く。

「えみ、えみ……」

余裕のない声だ。見つめ合い、一瞬でも逃さないように視線を交わす。時に唇を重ね、肌をすり寄せ、互いに快楽を高め合っていく。奥と入り口、中。全部が気持ちいい。映美は与えられる刺激で、目の前が真っ白になってくる。

「あっ、ああ！」

い、く。自然とそんな声が漏れた。すると、輝は余裕がないとばかりに映美の腰を引き寄せて、強くつかんだ。

「おれ、も」

一緒に。そんな声に合わせて、映美は与えられる刺激に身を任せる。甘い声が絶え間なく流れ、目の前が弾けた。

◇　◇　◇

「はあ……がっついた」

そんなため息とともに、漏れる後悔。目元を赤くし、すうすうと穏やかな寝息を立てる映美の髪をなでる。初体験だというのに無理をさせてしまった。白い肌に残る無数のキスマークに、正直自分でも引いてしまう。

それでもそんな輝の身勝手な思いを否定せず、映美は全てを受け入れてくれた。

(思っていたより、はるかに素敵な女性だった)

恋焦がれ、探し続けた女性は、輝の想像を超えていた。思わぬ形で再会となったが、こうして縁を結べたことを心の底から嬉しく思っていた。

「モデルの件は、白紙……秀平さんはこうなることを分かってたんだろうか」

ぽつりとつぶやいた疑問に答えなどなかった。

輝は体を起こして、ベッドから降りる。思いのほかベッドが大きな音を立て、映美が「んん」と、小さな声が聞こえた。起こしてしまったかもしれない。そう思って隣を見ると、あどけない寝顔の映美がいた。大丈夫だったことに安堵し、脱いだジャケットを拾う。内ポケットに入った手帳を取り出し、一枚の写真を取り出す。誰も知らない『十五枚目のえみ』頰をバラ色に染め、高揚した唇は血のように赤い。開かれた唇からは吐息が感じられる。今見れば分かる。この顔は恋を知った少女だと。

映美の初恋は、自分。そう考えると、この表情は輝を意識していたもの。

「こんな、熱烈な告白……」

輝は何度も何度もその写真を見つめて、ため息を零した。

「可愛い……俺の、映美」

ついには写真だけでは飽き足らず、隣に寝る映美の頬に触れる。ずっと恋焦がれていた人を隣に、自分を思った写真を眺める。職場では決して見せられない、だらしない顔をしているだろう。けれども、にやつく顔をどうにも抑えることができない。

「早く起きてくれ。俺の映美」

そうつぶやいて、輝はフロントに繋がる受話器を持ち上げた。

「ああ。俺だが、ホテル内のレストランの……そう。ウニイクラ丼。一時間後に持ってきてくれるか。二つでよろしく」

もう少ししたら、起こそう。輝が誰も知らない映美を持っていると知ったらどんな顔をするだろうか。想像するだけで心が温かくなる。写真を見てひとしきり照れた顔を見たら、一緒に約束した丼ぶりを食べよう。そんなことを考えながら輝は写真に視線を戻した。いつもだったら、写真に唇を落とすところだが、今日は隣に本物がいる。横になっていることで現れた丸い額に唇を寄せる。

まさかこのあと、写真を見た映美の第一声が「おじいちゃんの馬鹿！」という怒号だとは夢にも思わなかった。

親友と、従妹

「お話があります」

　神妙な面持ちでそう投げかけられたとき、別れ話でもされるのかと思って身構えてしまった。互いに仕事で忙しく、やっと会えたというところでついなだれ込むようにベッドに押し倒してしまった。映美は今デジタル移行室で過去の資料の整理にあたってくれていて、木野カメラの新たな門出に花を添えようとしてくれている。時々こっそりのぞきに行こうとして公私混同はいけないと言い聞かせているくらい、映美にどっぷりとおぼれてしまっている自覚がある。

（まさか、重たいから無理とかか？）

　大企業が集まる経営連合の中では若造と笑われ、見下されることが多い。それでも会社、社員のために奮闘してきた輝にとって、修羅場なんてものは存在しない。持ち前の胆力と実力で古狸たちをねじ伏せてきた。それなのに、映美の表情や言葉一つでこんなにも動揺してしまう。

「は、話？」

不安に揺れ動く気持ちを悟られたくなかった。過剰に出てきたつばを飲み込み、平静を保つ。

「ちゃんと、お話ししたくて。私が『えみ』を辞めた理由を」

「理由」

「はい」

事後であるため、互いに服をまとっていない。先ほどから見え隠れする胸元に視線が移らないように、輝は布団の中に映美を誘う。別れ話でなかったことに内心安堵しながら、話の続きを促した。

（とはいっても、十五枚目の『えみ』を見れば分かるが）

秀平からもらった写真の恋する少女は世に出してはいけない。いらぬ輩を引き寄せてしまうだろうから。映美を守るために秀平が『えみ』を終わりにしたのだろう。輝は自分の中で答えを導き出していた。

「あの、輝さんのせいとかじゃないってのを前提としてなんですけど……その」

ちらちらと輝を見上げながらまごつく映美をほほえましく思いながら、次の言葉を待つ。輝に恋をしたからだと映美の口から聞きたかった。

「こんなことを口にするのは恥ずかしいんですけど……あの、前にちょっと話したような気もするんですけど……輝さんが『えみ』をモデルにっていう考えを持っていたのであればちゃんとお話をしておきたくて」

「その話はもう無くなったから心配しなくても」

輝が言い切るよりも先に、映美が首を横に振る。必死な形相に、自分の導き出した答えは間違っていたのかもしれないと思い直す。もしかして、すでにもう粘着質なファンに追いかけられて怖い思いをしたのかもしれない。

(だとしたら、殲滅するしかない)

黒い考えがむくむくと湧き出てきたところで、小さな口が意を決したように動いた。

「いえ、今更ながら自分の過去の存在の大きさに負けないようにって思ってるところなんです」

「過去の存在」

比べる必要もないよと続けたかったが、映美自身の問題に口を出してはいけないと自粛する。

「だから、あの。『えみ』を続けられなくなったのは……カメラを向けられるのが苦手になってしまって」

「苦手?」

「はい」

未公表の十五枚目の写真を見たところ、そんな様子は見られない。他に理由があるのだろうかと煮え切らない映美の次の言葉を辛抱強く待つ。

「……じょう、しちゃうんです」

「ん?」

うまく聞き取れず、声に耳を傾ける。よほど言いにくいことなのだろうと勝手に納得して、理解のある彼氏を装う。

「だから、あの、よく、じょうしちゃうんです。カメラを向けられると」

「よくじょう……?」

「浴場」と、頭の中で真っ先に変換された漢字をすぐに打ち消す。この流れで合っているのはきっと……

「欲情?」

「……ハイ」

たっぷり間をおいて、小さな返事が聞こえてきた。頭の中は混乱でいっぱいだ。輝しか知らない十五枚目の写真を思い出す。あのときの顔は、欲情していたということか。考えがぐるぐる巡って全くまとまらない。

「……もう少し、詳しく聞かせて」

意識して疑惑を声に出さないように気をつけた。今ここで輝が慌ててしまえば、映美はきっと心を閉ざしてしまう。

「輝さんの目っておじいちゃんが写真を撮るときにすごく似ているんです……情熱を持っていて意思が強くて、自分の道が決まっているって目が語ってくれるんです」

「それはとっても光栄だな」

長谷川秀平と同じ目を持っていると言われ、喜ばない関係者はいないだろう。最大の賛辞を素直に受け取り、危機の姿勢に戻る。

「輝さんと出会ったとき、力強くて、情熱的な目に私は魅了されちゃって……おじいちゃんと似てるから、似たような目でカメラを向けられたら……」

段々と謎がとけていく。人間の思考や心理はひどく複雑だ。輝にとって映美との出会いが強烈で記憶に鮮明に焼きつけられているように。

（カメラを向けられたことで、俺を思い出し、欲情したってことか）

単純なようで糸が複雑に絡み合っている。まだ少女だった映美にとっては強烈な出来事だったのだろう。脳裏に焼き付いた出来事がフラッシュバックし、カメラを向けられることで欲情してしまう体になってしまった。情報を統合するとそういうことだろう。

（なんてことだ）

口元が自然と弧を描く。強烈な出来事のおかげで、映美は輝を欲する。カメラというキーワードで体が反応するものの、紐解けば自分への恋心ゆえだ。相当映美に心酔していたが、輝だけではなかった。

「だから、私もうカメラの前には立てなくて……」

「うん。分かった」

輝は即答する。しかし、当の本人は恥ずかしさからなのか、布団の中に潜り込んでしまっている。

「君はきっと素直なんだろうな」

追いかけるように一緒に布団に潜り込むと、暗闇に包まれる。薄暗い中で映美の顔を探るように手を伸ばした。頬、鼻先、唇。形を確認するようになでると、「ふ、ふ」と小さな笑いがこぼれ落ちた。薄暗いのでどんな表情をしているか分からないが、想像できる。くすぐったさに目細目、触れる手のひらの感触を楽しんでいるのだろう。

「映美は素直だから感情が表に出やすいんだろう。カメラは人の心を裸にするから、よけいだな」

「……輝さんはカメラを持ったことがあるの？」

「昔、な」

『えみ』が好きで、同じように撮りたいと思ったことは一度や二度ではない。けれども、輝には会社の未来を背負っていかなければいけない。天秤で比べれば答えはすぐに出た。

「俺は自分が選んだ道が正しかったって胸を張れるよ」

布団の中から二人で顔を出すと、うるんだ瞳と視線がかち合った。無垢で、濁りのない瞳に見つめられると輝の理性は今にも焼きちぎれそうだった。

「っ、きゃ！」

高い悲鳴に、口元が緩む。素直な反応に先ほどから輝はあてられっぱなしだ。薄暗い光の下にさらけ出されて表情は、言葉では言いつくせないほど可愛らしくて愛しいものだ。

（俺がおもっていたよりずっと素敵な女性だ）

陳腐な感想しか浮かんでこない。耳まで真っ赤にし、目を潤ませ、困ったように眉を下げる。唇が薄く開かれ、誰かのことを想像したのだろう。それはきっと輝のこと。その事実に輝は胸の奥が熱くなって、愛が込み上げてくる。

「同じだ。君が俺を思っていた最後の『えみ』の写真と」

「最後……輝さんとおじいちゃんしか知らない私？」

深くうなずいて、輝は額に唇を落とす。そうでもしないと、愛しさで心がいっぱいになってしまい、いろいろな意味で爆発してしまいそうだった。

「写真も素敵だったが、熱を持ち、鼓動を刻む君には敵わない」

永遠に残る写真も捨てがたいが、実物にはかなわない。輝にとって一番大切なのは映美が自分の腕の中にいることだ。映美が照れたように視線を伏せて、まつげが揺れる。何か言わなくてはと焦る唇は少し震えていた。

（ああ、もうたまらなく好きだ）

自分を思い、愛しいと全身で叫ぶ映美を力の限り抱きしめる。

「……私、写真が大好きなの」

「うん」

「写真が大好きだから、過去の自分をなかったことにしたくないの」

今の自分の思いとは裏腹に、映美はまた成長しようとしている。カメラを向けられると欲情してしまうなど、誰にも言えなかったに違いない。ベッドの中でちらりと聞いたが、ここまで深いものだとは思ってもみなかった。打ち明けるだけでは映美の気がすまないのだろう。

「映美は、『えみ』を作るのが楽しかった？」

「もちろん！　おじいちゃんの指導は厳しかったけど、体験できないことばかりで、ずっとワクワクしてた」

「そっか。それなら今の状況はつらいな。俺のせいでもあるけど」

輝との出会いがきっかけなのは間違いない。責任の一端を担うつもりで、輝は何か協力できないかと思案する。自分に欲情するなら、それを発散していけば解消されるのか？など考えるがそんな単純なつくりであれば映美もここまで悩まないはずだ。

「もし、映美がよければ今木野カメラと契約しているカメラマンの撮影とか見に来る？現場に触れることで昔の感覚がよみがえり、写真を撮られる楽しさを思い出すかもしれない。ギャラリーや児童画展でも熱心に作品を鑑賞していた。きっかけさえあればいつでも克服できそうな気がした。

「え！　い、いいんですか？　あ、でも邪魔になるんじゃ……」

喜びを隠し切れない様子と、理性が混じりあった表情。本当に素直で感情が顔に出る。実物が一番いいとわかっているが、映美がカメラを克服できたなら写真として残しておきたい気持ちも捨てきれない。

「撮影の見学は俺も社長としてじゃなく、友人として行ってるんだ。折本武志って知ってる？」

「はい！　木野のカメラの愛好者で、風景写真が得意なカメラマン！　この間神戸の中華街で撮影会してましたよね！　憂いがあってビビットな色調のコントラスト比が絶妙ですよね〜！」

少し早口になった映美の様子に、輝は面食らった。好きなものに対して饒舌になるのは知っていたが、それが友人だとかなり妬けてしまう。

「武志は俺の親友なんだ。『えみ』シリーズのファンでもある」

「え、ええ？　そうなんですか……『えみ』は今の私とは完全に別物だけど、なんだか照れますね」

「別物だなんて。そんなことはない。全部、君だよ」

言葉の端々に『えみ』への劣等感を見つけてしまう。輝にとっては『えみ』は映美の一部で、別物でもない。想像以上に美しく聡明な女性が自分を卑下するのは見ていられない。

「ふふ、嬉しい」

柔らかく目を細めて笑う姿に輝はまた心を奪われる。もし、カメラを克服したらとんでもなく素晴らしい写真が撮れるのではと思うと、心がじりじりと焼きつけられる。なんともいえない焦燥感を抱きながらも、輝は映美を腕の中に閉じ込める。

「予定が決まったら連絡する。映美が自分を変えたいと思うなら、俺も力になりたい」

「ありがとう。輝さんに出会えて本当によかった」

「俺も一緒だ。十五枚の写真で終わるはずだったのに、写真の続きを手に入れた」

こつん、と額を合わせる。触れ合った場所から熱が伝わり、奪われ、そして一つになっていく。自然と唇が重なり、見つめ合ったままキスが深くなる。

「……輝さんに見つめられると、どきどきしちゃう」

キスの合間にそんなことをつぶやくものだから、口づけがさらに深くなってしまったのは仕方ない。

緩んだ口元に吸い込まれるように唇を寄せる。合わさるだけだったキスは、段々と深さを増していく。舌を絡ませ、映美から呼吸を奪う。先ほどまでさんざん体を重ねてきたが、輝の欲望がまた湧き出てくる。

「っ、あ……ひか、るさ」

細い腕が輝の首に回される。映美が好きだといった目でじっと見つめると頬に赤みがさす。視界の端に内ももを擦り付けているのが見えて、映美が欲情しているのをしっかり確認する。

（たまらない）

輝は知ったばかりの白く滑らかな肌を味わっていた。執拗に痕を残すことを忘れず、背中、腹、腕と赤い花を散らしていく。

「あっ、あっ」

処女をもらったときは辛そうな反応もあったが、あれから数度体を重ねていくうちに、映美は輝の与える快楽により従順になっていった。今も肌にキスを落とすだけで可愛らしく体を震わせる。体を重ねるたびに増える映美の記録。写真で残すことはできないが、何よりも美しい姿は輝の脳裏に焼き付けられている。

形が変わるほど乳房を揉みしだくと、先端をいじってほしいのか、映美は物足りない表情を見せる。そんなおねだりに輝が気づくと、恥ずかしそうに顔を逸らすところなど、可愛くて可愛くて仕方がない。

「好きだよ」

輝の思いを率直に耳元に流し込めば、嬉しいのか全身を真っ赤にして「私も」と、返してくれる。まだ恥ずかしいだろうに、輝がほしがれば、足を開いて受け入れてくれる。

自分しか知らない映美を知るたびに、誰にも見せたくなくて閉じ込めていたくなる。そんな危ない思考が浮かぶときもあるが、こうして体を重ね、映美の思いを知ることで何とか我慢している。

今日も、映美に甘えながら、ゆっくりとそそり立つ陰茎を中に押し込める。互いに向き合えば、揺れる乳房、乱れる髪、赤く染まった肌と散らばる独占欲を目に焼き付けられる。後ろから責め立てれば、奇麗な背骨のラインと肩甲骨。そして、可愛らしく揺れる尻肉を堪能できた。

「映美、映美」

「あっ、輝、さ……」

こんなにも自分を夢中にさせる存在に、時々輝は、怖くなるときがある。この手からすり抜けていかないように、逃がさないように、恐怖を振り払うかのように、輝は今日も映美の柔肌を味わう。肉を打ちつける音と甘い嬌声。首筋に顔を埋めれば、女性らしい甘い匂いが広がる。肌に舌をはわせれば、どんな甘味よりも美味だ。絹のような肌はどこをなでてもすべすべで輝の手に吸いついてくる。視覚、聴覚、味覚、触覚、嗅覚……五感全てが映美に侵されている。けれども、それが輝にとっての幸せだった。脳天を突き抜けるような快楽をむさぼりながら、甘い唇を塞いだ。

つたない映美の舌に合わせて、輝は舌を絡める。そのうちそれだけでは物足りなくなって、激しく口内を犯してしまう。映美は小さな拳で抗議するが、輝にとってはなでられているのと同じようなものだ。

「っ、ぷあ！」

酸素を求めて開かれた口をもう一度塞ぐ。ごめんね。逃がしてあげられない。心の中でそう謝りながら、輝は白濁を注いだ。

「あ、待って……」

もう一度ベッドに体を沈ませて、明けない夜を楽しむことになった。

すべてが終わって、ベッドになだれ込む際、輝は武志への言い訳をどうしようか考えていた。

『えみ』シリーズでカメラは宣伝はしない。輝だけで進めてきた事業なので、そう決めた。輝はカメラ事業の再興のため次の戦略を練らなければならなかった。

「輝」

ノックもなく社長室のドアが開く。

「……武志」

「どう？　進捗は。見つかりそうか？」

「ああ。というか、もう見つかった」

「は？」

応接室のソファに腰を下ろしていた武志だったが、輝の発言に驚いたのか、勢いよく立ち上がった。

「見つかったって、どういうことだ」

「言葉の通りだ」

そう言いながらも、輝も未だに興奮していた。まさか自社で働いているとは思ってもいなかったし、灯台下暗しとは、まさにこのことだった。分かっているのは少女時代の容姿と年齢のみ。撮影者の長谷川秀平はヒントもくれない。そのうえ、人を使って探すことを許されないとなると、できることは限られてくる。出会った場所に足を運び、何かき手がかりをもらえないかと秀平の元に通う。今から思えば、曜日、日時をしっかり指定されていたのは、輝に映美に会わせないための調整だったのだろう。輝は苦々しく思いながらコーヒーメーカのスイッチを押す。

（まあ、結果として秀平さんのおかげで映美の気持ちを知れたが……）

最終的な感謝しかないと輝は一人肩をすくませる。

「どうやって見つけたんだ……」

武志の声が震えている。そんなに驚くことかと思ったが、武志はカメラマン長谷川秀平の熱心なファンだ。

「うちで働いてたよ」

「は？」

「そりゃ驚くよな。俺も驚いた」

でき上がったコーヒーをカップに注いで武志に渡す。出会いを振り返り、気持ちを落ち着けたところで輝はどう武志に切り出そうかきっかけを探す。

「それで？　モデルは？」

「……写真を撮られるのが苦手になったらしい」

輝は言葉を濁して、暗にモデルの件は難しいことを伝える。カップに口をつけて輝はコーヒーを一口飲むと、酸味が舌を刺激する。

（欲情するなんて絶対に言えない）

打ち明けてくれた秘密は絶対に知られてはいけない。輝は動揺しないようにもう一口コーヒーを飲む。

「苦手って……だってずっと写真を撮られてたんだろ？　いまさらそんなの……」

なおも武志が食い下がる。あまりの必死さに、輝は目を鋭く細めた。

「ずいぶんご執心だな。珍しい。あまり人を撮るのは好きじゃないだろう？」

武志の撮る写真は長谷川秀平とは真逆の世界観だ。秀平はありのままの世界を切り取ることを好んだが、武志はモデルや撮影場所、時間、設備……とにかくこだわりが多い。カメラマンなら誰しもこだわりが多いが、武志は特にそれが強いように思える。その分、輝が納得できるような写真は多い。輝が好みとする世界観とは少し違うが、輝は武志の写真家としての腕を尊敬し、信頼している。

「いや、長谷川秀平の続きを撮ることができるなんて名誉はそうそうないだろう？　お前が説得できないなら、俺が説得する。無理やりにでも頷かせてみせる」

「……お前の望む写真は、そんなことをしてまで撮るのか？」

いつもなら、被写体に対して執着心のかけらもない武志だが、長谷川秀平のことになると違うようだ。

「俺はお前のカメラマンとしての腕を信頼している。だからこそ、写真を『撮られたくない』と思っている相手とは相性が悪い」

輝は自分には写真を撮る側ではないことを知っているが、その代わりに審美眼は持ち合わせているつもりだ。武志の腕が素晴らしいことは誰よりも知っている。だからこそ、気持ちのかみ合わない相手でいい写真が撮れるわけない。何とか説得しようと輝は正論で攻めた。

「……お前、まさか」

輝の必死さに、武志が何か気ついたように目を丸くした。

「そのまさかだ」

付き合いも長い分、勘が働いたらしい。輝は隠す気もなかったため、素直に映美との関係を認める。武志は輝が恋人を撮らせたくないから拒否したのだと思っているのだろう。

輝はマグカップをデスクの上にそっと置いて、ゆっくり顔を上げる。

「映美をモデルに広告を展開する案は白紙だ。そもそも、俺が勝手に考えていただけで、本決まりでも何でもない」

思い返すと輝は焦っていた。カメラ事業の落ち込みを早急にどうにかしたい案件だった。それに加えて十数年かけても会えない写真の中の『えみ』。それが相まって非現実的な考えに走ってしまったところもある。そう思って武志に謝罪したが、納得いかないと食い下がられた。

「俺が、この俺が自ら撮りたいと思った女だ。その機会をお前が奪うのはどうなんだ」

「……そこまでか」

「ああ」

声にも視線にも強い思いが含まれている。武志の情熱をここまで感じたのは初めてだった。映美が写真と向き合いたいという思いを伝えたくても、今の武志にどうやって話を持っていけばいいか分からない。互いににらみ合い、硬直状態が続く。

（仕方ない）

輝は最後の手段とばかりに口を開いた。

「それなら、今借りを返してほしい。『えみ』シリーズは撮らない」

「っ」

今までさんざん言われてきたコンテストに応募しなかったことへの借り。輝の言葉をくみ取ったのか、武志はやっと諦めたようにため息を吐いた。

「お前はホントに俺の扱いがうまいよな」

「長い付き合いだろ？」

「ちっきしょう！　久しぶりに撮りたいって思ったのにこんな仕打ちかよ！」

ひりついた空気が緩む。自然と体がこわばっていたのか、肩の力が分かりやすく抜けた。

ここまで強固になられると思っていなかった輝はうかつさを反省する。

「『えみ』シリーズの続きを撮るのはなしだが、俺の友人として武志を紹介したい」

「友人……？」

輝は腕を組み、デスクに腰かける。自分の中に驚くほどの独占欲が占めていて、その全てが映美に向けられているのを感じる。映美はあまり自己主張をする性格ではないが、時々目を奪われるような表情をするときがある。その表情には、長谷川秀平のモデルとして活躍してきた『えみ』の存在を感じることができる。そういう意味では今でも映美は被写体としてとても魅力があった。

（だからこそ、誰の目にも触れさせたくないんだ）

映美の可能性をつぶしている気がして、罪悪感を抱く。けれども、輝は十数年探し続けた最愛の人を可能な限り自分の側に置いておきたい。

「映美も会いたいと言っている。ただし、絶対撮るなよ」

「……お姫様を守るナイト気取りか」

「そうだ。俺が守らなければ、誰が守る」

「チッ」

武志は分かりやすく不機嫌になり、輝はやれやれと言わんばかりに肩をすくめた。写真の腕はいいが、どうにも大人になりきれないところがある。相手も同じことを思っているかもしれないが、輝は絶対に譲らなかった。

「……来週、金曜の夜に木野カメラ専用スタジオで撮影がある。ある女性俳優の写真集の撮影だ」

女性誌の撮影。あまり人を撮らない武志が珍しいと思う。もしかして映美を撮るための腕慣らしなのかもしれない。武志なりに動いていてくれていたことに感謝しつつも、輝は付け込まれるのを恐れ、口を閉ざした。

「分かった」

「本当はお前だって『えみ』の続きが見たいんだろう？　俺には分かる」

心の奥底を突かれたような気がした。輝は常に自分の欲望と戦っていた。『えみ』の続きを知りたくないなどと嘘でも言えない。それでも輝には絶対に譲れない気持ちがある。

「……誰にも見せたくないんだ。例え、お前でも」

「写真の中の女と恋に落ちたってことか」

ダサいぞと、悪態をつかれる。しかし、輝は何てことないように聞き流し、マグカップを再度手に取る。

「意地を張るなよ。お前が一番『えみ』に会いたいはずだ」

「……」

親友の悪魔のささやきに、輝は努めて冷静になろうと自分に言い聞かせる。

（そうだ。その通りだ。俺は、今でも『えみ』に会いたいと思っている）

冷めたコーヒーの強い酸味で口と喉を潤したあと、視線を武志に戻した。

「俺は写真の向こうにいた彼女に心を奪われたんだ」

ダサくて結構。そう返して、あおり返すように口角を上げる。すると、武志は少し悔しそうに顔をゆがませ、社長室から出ていった。バンッと大きな音がしてドアが閉まる。

輝は重要な仕事を終えたときのような疲労を感じる。

「難しいな……」

自分の思いをお見通しな親友と、やっと見つけた愛しい人。比べるまでもないがうまく立ち回れない理由は全て自分にある。

（金曜日か……）

映美が本来の自分を取り戻せることを祈りながら、輝はスマートフォンを取り出す。

メッセージを打ち込んで送信すると、「分かりました！」と、犬のスタンプが送られてくる。

（ああ、早く会いたい。会って可愛い笑顔を見たい）

恋に骨抜きになった男ののろけが脳内を巡った。

◇　◇　◇

約束の金曜日の夜。定時で仕事を終えた映美は、輝と二人タクシーで移動していた。

「撮影現場に行く前にお願いしたいことがある」

「なんでしょうか！」

映美はぴっと背筋を正す。緊張が前面に現れていたのか、輝が困ったように眉を下げた。

「無理はしないこと。ダメになったらいつでも俺を頼ってほしい」

「はい！　カメラがダメになったわけじゃないので……」

ぐっと拳を握って、問題ないとアピールする。

（もし、カメラを向けられることが大丈夫になったらおじいちゃんに写真を撮ってもらえるかもしれない）

秀平はのちの生涯で二度だけカメラを持つと言っていた。そのチャンスを絶対に逃したくはない。映美は並々ならぬ決意で撮影現場に向かおうとしていた。

（それに……）

輝はモデルにならなくていいと言ってくれた。けれども、もし自分が木野カメラの力になれるのなら力になりたいとひそかに思っていた。輝に伝えるのはおこがましい思いがするが、映美は木野カメラが大好きだ。

その時代の技術を最大限に引き出した木野カメラの製品はカメラを扱う人間なら誰しも憧れたものだ。『お母さん、お父さん。家族の一瞬を世界で一番美しく』をテーマにつくられた、一般世帯向けの一眼レフカメラ。秀平が普段使っていたものよりも性能は落ちるが、写真は全く変わらない。それほどまでに素晴らしいカメラをつくり、映美の成長にも大きな影響を与えた。

そして、どうしても映美は写真に関わる仕事がしたくて木野カメラに就職したのだ。木野カメラの未来が開かれるのであれば、何でもやろう。そんな熱い気持ちを映美は持つようになっていた。

「カメラを向けられる機会はないと思うからリラックスしてね」

「……は、はい」

めらめら燃える熱意とは裏腹に、緊張しているのがばれていた。「輝が隣に居れば大丈夫」と、自分に言い聞かせていた。

「こんなこと言ってるけど、武志がカメラを向けるというのは俺の中の独占欲が許さないからなんだよね」

「はい！　はい……？」

何を言っているのだろうか。一度は元気よく返事をしたものの、輝の言葉の意味が分からなかった。

「別に俺はカメラマンでもないけど、映美を誰かが撮るって思うと独占欲がひどくなる」

「こんな彼氏でごめん」と、輝が可愛い言葉を続ける。

（え、え、嫉妬？　天下の木野カメラの社長が嫉妬？）

完全に頭の中が輝でいっぱいになってしまう。先ほどまでの緊張がすっかり消えて、映美の口元が緩む。

「輝さん、私輝さんと一緒に写真を撮りたい」

自然とそんな言葉が出てくる。秘密を知っている相手ならどうにでもなるだろうとう思いが半分と、可愛い嫉妬を見せてくれた輝を喜ばせたかった。輝のおかげでどんどん変わっていく心情がとても心地よい。全てがいい方向に進んでいるような気がしてならなかった。

「え」

「でも、恥ずかしいからアウトカメラのままでいいですか？」

「ちょ、待って」

慌てている姿を見るのも楽しい。映美はカメラを起動し、アウトカメラを自分に向ける。レンズを向けた瞬間、腹の奥底がうずき、顔に熱が集まる。輝にカミングアウトしたとはいえ、体の反応は素直なままだった。何も変わらない自分にがっかりしてしまい、気持ちが落ち込みそうになったときだった。

「待って待って」

輝が体を寄せてくる。移動するタクシーの中で何をと運転手に思われてしまいそうだが、隣に感じる体温がとても心地よい。

「あの、自分から誘っといてなんですが、うまく表情をつくれなくて変な顔になるかもしれませんよ……？」

「つくる？　そんな必要ないよ。恋人が隣にいて幸せだなって思ってくれればいい」

先ほどまで慌てふためいてた輝だったが、すっかり自分を取り戻したようだ。互いのシートベルトが伸びて、距離がぐっと近くなった。

「俺は幸せだよ。君が隣にいると」

「っ、」

幸せ……そんな一言で、映美の顔と心がぽっと温かくなる。「私も幸せです」と、続けると、輝は嬉しそうに口元を緩めた。タクシーの運転手は恋人たちのいちゃつきに慣れているのか、気配をすっかり消している。心の中で「ごめんなさい」と、謝りながら、輝が向けたカメラを覗き込む。

（あ、やばい。なんかどきどきする。輝さんが隣にいるって分かってるけど、緊張する。写真を撮るときどんな顔してた？　どうやって気持ちを切り替えていた？）

頭の中に情報が流れ込んでくる「自然体でいい。でも、気持ちはカメラに向けて。そう。今どんな気分？　憂鬱？　あ、めんどくさがってるな。でも今日は笑ってくれるといいんだけど」過去に秀平にかけられた言葉が一気によみがえる。

カシャというシャッター音と共に、頰に柔らかいものが押し付けられた。唇だと気づいたのは、最後に舌で軽く頰をなめられたときだった。

「っ、な、な！」

「驚いた？」

「驚いたも何も！」

あまりのことに、映美はそれ以上言葉が出てこない。まるでティーンのような行為に、驚きしかなかった。

「少し、落ち着いた？」

「……あ」

映美の混乱を見抜かれていたようだ。身構えていた体の力がすっと抜けていた。

「大丈夫。俺が隣にいるから」

諭すような穏やかな声と共に、映美の好きな目がゆっくり細められた。

「ありがとうございます……」

細やかな気遣いに、映美は素直に礼を口にした。ショック療法といっていい仕打ちに、平常心が戻ってきたのは間違いない。

「写真、見る？」

「う、見たいような見たくないような」

どんな顔をしているか気になる……画面に残された写真を覗き込むと、驚きに目を丸くしてキスを受ける自分がいた。秀平に撮られた恋に浮かれた顔とも違う。ただ幸せそうな恋人二人が写真に写っていた。

「どう？」

「私です。驚いてる、私……」

カメラを向けられると、否が応でも輝を思い出し、「表情を作らなくちゃ」と、自分に言い聞かせて混乱してしまっていた。しかし、スマートフォンの画面に残る自分の顔はどうみてもびっくりしている顔だった。あまりに驚いていて、欲情していたことすら忘れている。

「ふふ、私、すごい驚いてる」

「そりゃそうさ。驚かそうと思ってるからね」

「もうしないでくださいね？」

少し強めに注意すると、輝は肩をすくめていた。もう一度画面を見ると、そこにはやはり驚いた映美がいた。

（一歩前進、かな）

大きく息を吐きながら、映美は心の中でぽつりとそうつぶやいた。

木野カメラの専用のスタジオは、都内の住宅街の一角にあった。塀で囲まれ、外から覗くことができないようになっている。輝が門の前に立つと、認証されたのか重々しい音と共に門が開いた。

「う、うわあ……」

物々しい雰囲気に自然と声が漏れる。エントランスまでの石畳を歩いていくと、庭が見える。辺りがすっかり暗くなっているのでよく見えないが、少し風が吹くたびに木々の葉が擦れる音が聞こえてきた。うっそうと茂る木々の黒い影が不気味だ。映美は前を行く輝の後を慌てて追った。

「多分、今は休憩中だから。でも静かにね。あいつ結構気難しいから」

「んん、分かりました」

気合を入れようとしたら変な声が出てしまった。先ほどから空回りしているようで、どうにも落ち着かない。

（緊張する。写真を撮られるわけでもないのに緊張する）

タクシーの中での輝の頰へのキスでびっくりして一時は落ち着いていた心臓がまたバク

バクと早鐘を打っている。これは写真云々ではなく、単純に輝の親友に会うという緊張だ。撮影というワードにばかり気を取られていたが、彼女として紹介されるということに今更気づく。

（何て言ったらいいんだろう。どうも、『えみ』です？　いや、だけどこれだと自分はモデルですみたいな感じになってるし、でも向こうは『えみ』に会いたいわけだし……それよりも輝さんの友人なら、ちゃんとご挨拶しないと……）

ぐるぐる考えだしたら思考がまとまらない。

「映美」

（ああ、どうしよう。どうしたらいいのか。やっぱりすごく緊張してきた）

「え～み」

一人自問自答を繰り返していると、こつん、と頭を軽く小突かれた。

「一人の世界に入ってる」

「あ……」

「へへへ」と、照れ隠しをするようにに笑うと、輝の眉間にきゅっと皺が寄った。

「映美。ここには誰と来てる？」

「あ、ひ、輝さんです」

「そう。一人じゃないでしょ？　俺が隣にいるから」

真っすぐな目に見つめられる。

（あ……）

映美が好きな力強い目。その目の中に、自分が映っていて、輝の気持ちが熱心に自分に向いていることを改めて知る。

「……はい」

これほど心強いことはない。映美は素直に首を縦に振ると、自然と鼓動がゆっくりになる。

「嬉しい。ありがとうございます」

「よし。大丈夫、側にいるから」

その言葉を合図に手を握られる。大きな手と柔らかい温もりが、緊張で冷えた指先を温めていく。二人の体温が溶け合い、同じになったところで輝がスタジオのドアに手をかけた。

「そろそろいいみたいだ。行くよ」

「はい」

驚くほど、通る声が出た。隣に輝がいるだけで、こんなにも心の軽さが違う。開けられたドアの光のまぶしさに目を細めながら、映美はゆっくりスタジオに足を踏み入れた。

「チェック入ります」

「次のセットを用意して！　花と絨毯《じゅうたん》！」

「モデル、着替え入ります！」

入ってすぐに驚いたのは人の多さである。映美の知っているスタジオは、秀平とメイク、スタイリストだけだった。慌ただしくあちこち走り回る人を目で追いかけるとくらくらしてくる。

「武志は……ああ、あそこだ。行こう」

映美の手を握ったまま輝走り回る人の間をすいすい避けていく。映美はスタジオの内装に目を奪われる。ストロボ、ライト……床に転がったレフ版。撮影スクリーンの下には生花が散りばめられていて、モデルを引き立てるセットが所狭しと置かれてある。

「すごい……」

撮影者によってこんなにも違うのかと映美は心を弾ませた。許されるならば立ち止まってじっくり見てみたいと思ってしまっていた。自分は単純だと自嘲しながらも、わくわくする気持ちが止まらない。

「武志」

輝が人だかりに向かって声をかける。その中央にいた人が顔を上げ、二人に視線を向けた。

「輝！」

声を上げた人が輝の親友で、木野カメラが懇意にしているカメラマン折本武志。映美は輝の背中からひょっこり顔を出すと、武志と呼ばれた人が目を大きく見開いた。

「『えみ』だ」

　はっきりとそう口にして、真っすぐ見つめられた。輝とはまた違う強い目に、映美は体を震わせる。

（おじいちゃんや輝さんとは違う強い目を持った人だ）

　一目見ただけで、武志が強いこだわりを持っていることが分かる。しかし、じっと見つめられるとどうにも居心地が悪い。全身をくまなく観察し、相手の全てを探ろうとしているような視線だ。被写体として活動したことのある映美は、敏感に察知してしまう。

（なんだか、あまり……）

　好きではない。そんな感想を抱いてしまうほどに、不躾に見られている。映美は失礼にならない程度に視線から逃れるように頭を下げた。

「相田、映美です」

「折本武志です。木野カメラの専属カメラマンとして輝と一緒によく仕事をしています」

　互いに自己紹介をすると、輝がすっと間に割り込んできた。

「お前、見すぎ」

「ああ、悪い。つい癖で。ほら、長谷川秀平さんの秘蔵っ子だからさ」

　輝の背中で守られ、安堵の息が漏れる。

「ごめんね。それくらい秀平さんの写真には力があるってことだよ」

　ね？　と首を傾げて覗き込んでくる武志に、先ほどのような無作法さは感じられない。

映美は肩の力を抜いて、「大丈夫です」と返事をすると、武志の笑みが深くなった。

「よかったら今撮った写真、見ていって。今日はちょっと雑誌の取材とか入っていてバタバタしてるけど」

「武志もそう言っているし、見てみようか？」

輝に促された先には、撮影した写真が映ったモニターがあった。見ていいのだろうかと二人を交互に見つめると、「どうぞ」と武志が言ってくれる。

薔薇《ばら》の中に埋まる女性俳優。スクリーンや絨毯、花、ドレス、メイクの全てが赤で彩られている。俳優の白い肌と真っ黒な瞳はあまりにも対照的だったが、それを感じさせない『完璧な美』があった。

「今回の写真集はテーマが『色』なんだ。今は赤がテーマ。彼女は本当に演技の幅が広いから、いろいろな色をこなせるかなって。次は緑がテーマになる」

一色でここまで完璧な美をつくり出せるのは素晴らしい。どの写真にも笑顔はなく、一枚の写真としての完成度を目指しているように見えた。

「映美、どう？」

「……素晴らしい写真ですね。完璧につくられている」

「ありがとう。誉め言葉として受け取っておく」

武志は笑みを絶やさず、とにかくずっとにこにこしている。自分の表情ですら完璧につくり上げている。秀平とは違う部類のカメラマンだが、素晴らしい技術と才能があり、努力もしてきたのだろう。

「折本さん、取材の時間です」

「あ～……ちょっと待って。今手が離せないから」

「俳優さんのインタビューが終わったらしいので……」

「俺はこっちのほうが大切だから。それに今回の取材、決まったことを言わせたがるんだよな」

　映美が食い入るように画面を見続けていると、少し後ろが騒がしくなっている。隣にいた輝もそれに気づいたのか、何事かと二人で顔を合わせた。

「なんだか大変そうですね」

「ああ。武志は素晴らしい腕の持ち主だからな。どんなときでも完璧を求め、それに恥じない作品をつくり上げる」

　輝は少し誇らしげに、そう語った。映美も同意するように大きく頷く。ありのままの美しさを好む映美とは対照的な作品だが、武志の写真はどれも美しい。一片の隙もなく、完璧という言葉がふさわしい作品だ。

　もう一度画面に視線を戻して、写真を見つめる。赤といってもさまざまな色味がある。チェリー、カーマイン、唐紅色……それぞれの色の配置を全て計算してある。それに加え、光沢のあるドレスを使うことで周りの色に艶が出て、色がワントーン明るく見える。生花にも相当こだわっていることが写真一枚から伝わってくる。

「これ一枚を撮るの、簡単じゃないでしょうね……」

「ああ」

「本当に素晴らしいとしか言えません。私なんて、おじいちゃんが摘んできた花とかを持たされてましたよ」

「え！　どの写真？　菜の花？　水仙？」

菜の花の写真は、十四歳の記念に撮影したもの。水仙は、小学校三年生の春に撮ったものだ。

「両方です。何か寂しいっていって、花を摘んできてました。スタジオの近くにお花が奇麗な家があったからもしかしたらそこからかもしれません」

「へえ……もっと聞きたい。教えて」

ずい、と顔を寄せて輝が聞いてくる。面白いことは特別ないと伝えるが、引き下がらない。

「聞きたい。どんな風にあの写真を撮っていたか、知りたい」

映美の好きな目でじっと見つめられる。こうしておねだりされると映美が弱いことを輝はとっくに気づいている。

「改まって話すことでも……」

「そんなことない。『えみ』は俺の全てだ。今の映美も、昔の映美も全部知りたい」

「よ、欲張り」

「欲張りでも何でもいい。知りたい。どうせ秀平さんは教えてくれないんだから」

そう言われてしまうと映美も頷くしかない。映美と秀平の二人でつくった写真。秀平はあまり作品のことについては語らない。見てもらい、感じたことが全てだという人だ。

「え～……そうだなあ……あまり昔のことは記憶にないし……スタジオでの撮影も多かったですけど、水まきしているときものは急に撮られた写真ですね」

覚えていることを口にすると、すぐに輝は「十一歳のときのだ！」と、当てていく。

「本当に好きなんですね。『えみ』が」

「妬けちゃう」と、そう続けると輝が目をしばたかせた。いつも振り回されているたので軽い仕返しのつもりだった。驚く輝に、いいものを見たと映美が「ふふふ」と、笑いをこぼすと同時に、甘い声が耳元で囁いた。

「俺が『えみ』を好きなのは、その延長線上に映美がいるからだよ」

肩に流れた髪を輝がひと房すくい上げる。きらきら輝く目に見つめられて、映美思わず顔が熱くなる。

「なっ、な」

「いつも言っているだろ？　伝わってなかった？」

「っ、またからかって！」

恥ずかしさを隠すように輝の肩を叩いた。輝と一緒にいると、悩んでいることがバカらしくなるほど前向きになれる。どうしてだろうと考えてみると、好きなところばかり浮かんでくる。好きなことへの情熱。少し強引だけど、映美の気持ちを決してないがしろにしないところ。見た目では目が一番好きだ。目は人を語ると言っていい。自信に溢れ、曇りなき未来を見すえた目。大人になってもその力強さは失われていない。時々その強さが影をひそめ、自分に甘えてくるところもすごく好きだ。からかわれていると感じることもあるが、やはり……映美は自然と口がか歩くなる。

「輝さんの言葉には嘘がないから、すぐ幸せになっちゃう」

前向きになれる理由から輝の好きなところを考えていたので、ものすごく恥ずかしいことを口にしてしまった。しまったと、口を押さえるが漏れた言葉は戻らない。そろそろと隣を見ると、真っ赤な顔をした愛しい人がかちりと固まっている。

「それ、今じゃなくて二人きりのときに聞きたかった……」

「は、はひ……ごめんなさい」

きっと映美も顔が真っ赤になっていただろう。お互い恥ずかしくなって口をつぐんでしまう。人の多さと騒がしさに救われていたときだった。

「いや、だからもう終わりだって言ってるだろ」

「でも、予定は撮影終了までです。肝心の折本さんの取材ができていません」

背後から小競り合いのような声が聞こえてくる。映美は輝と顔を合わせて、声のした方向に視線を向ける。

「……さっきから思ってたんだけど、君のインタビューはどうも俺から決まった答えを引き出そうとしている気がしてならない」

「そんなことは！」

雑誌の取材が入っていると映美は武志が言っていたことを思い出す。ざわつくスタジオの中で、映美はどうにも既視感を覚えた。

（この声、もしかして……）

少し踵《かかと》を上げて、ざわめいている場所を覗こうとした。しかし、背の高い人もいるので、ちっとも見えない。

「俳優の写真集に携われたことを誇りに思うって言えばいい？　君たちの取材は、もちろん被写体がメインだろうけど、俺たちは対等であってどちらがどちらかを選んだということはない」

「っ、そう思わせてしまったのなら私の力不足です。大変申し訳ございません」

少し背伸びをしたことで、輪の中心人物が見えた。

（よりちゃん？）

少し困った様子の依子が見える。声のトーンからもかなり焦っていることが分かる。

「内容を確認したときから少し嫌な感じはしていたけど、これほどあからさまだと君のところとの仕事は考えないといけない。モデルや俺に対してはへりくだっているようだけど、俺のスタッフに対してはあたりが強いように見えた」

先ほどまでざわついていたスタッフたちが、しんと水を打ったような武志の意見は正しいのだろうが、こんな大勢の前で言わなくてもとも思う。

「ここにいるスタッフは俺にとって大事な人たちだ。君だっていろいろ仕事をしてきただろうに、そんなことも分からないなんて……」

武志の言葉が少し棘を含み始めた。映美はたまらず耐えきれなくなって飛び出そうとした瞬間、一歩早く前に出た人がいた。

「武志、そこまでにしておけ」

この場で唯一、武志を止められる人物は一人しかいない。前のめりになった体をそのままに、映美は行く末を見守る。

「輝……これは俺の仕事の問題だから」

「だからといって人前でとがめる必要もないだろう」

「でも、俺が嫌だから。我慢したくない」

「あのなあ」と、輝が呆れた声を出す。そのとき、うつむいていた依子が映美の視線に気づいたのか顔を上げた。

「……えみ、ちゃん？」

依子の口から漏れた自分の名前。その瞬間、輝と武志の視線が前のめりの映美に向けられた。

「映美、知り合い？」

輝の問いかけに、映美はゆっくり頷く。

「従妹です、母方の……」

依子がそう口にすると、輝と武志の目が見開かれた。「じゃあ、秀平さんの……」という声が輝から聞こえてきて、映美は居心地が悪かった。しかし、きっと依子のほうがもっと居心地が悪いだろう。

「よりちゃん……」

「えみちゃん、どうしてここに？」

少しきつい口調と視線で問われる。映美はしどろもどろになりつつも、「ちょっと付き添いで」と濁した。

「そう……」

少し苛立った様子を隠さない依子だったが、映美はいつものことだと気にしなかった。

「まあ、『えみ』の親類なら、今日のことは目をつぶるか。え〜と、気を付けてね」

少し沈黙が続いたが、武志の間延びした声が割り込んでくる。映美と依子は同時に顔を上げた。

「長谷川秀平さんの孫で、『えみ』の従妹なら最初からそう言ってくればいいのに」

映美は、「まずい」と背中に一筋の汗が流れるのを感じた。今の一言は依子のプライドを著しく傷つけたに違いない。秀平の力を借りずとも自分一人でいい仕事ができると意気込んでいたことを映美は知っている。そろそろと隣を見ると、怒りを必死に隠そうとする依子がいて、映美はすぐさま視線をそらした。

「今日のは君への貸しってことで」

「え……？」

「従妹の失敗を見逃してあげたってことだからね」

なんて失礼なんだ！　依子の態度には困ることもあるが、努力していることも知っている。映美はかっと頭に血が昇り、きゅっと目を細める。

「貸しなんてありません。失礼じゃないですか？」

ずっと一緒に育ってきた従妹をけなされ、映美は怒りを隠すことなく武志を見上げる。

すると、言い返されると思わなかったのか武志が少したじろいだ。

「武志、少し横暴だ」

映美の怒りに気づいたのか、輝が再度武志をたしなめた。映美は肩に置かれた輝の手の温もりで我に返る。

（そうだ。私は輝さんの力になりたくて、写真ともう一度向き合いたくてここに来たのに）

自分のやっていることは輝さんとの未来のためだ。映美はすぐに「言いすぎました」と、武志に頭を下げた。

「いいよ。大丈夫。ごめん、みんなもうモデルのメイクが終わるから、準備して」

場の雰囲気を切り替えるように、武志がパンと手を叩いた。響いた音で周りのスタッフは散り散りに自分の持ち場に戻っていく。

「武志は取材を続けて。これは業務命令。雑誌のコンセプトもあったりするから、うがった考え方をしないように」

「……分かったよ」

渋々といった態度を隠さない武志だったが、取材を続けてくれることに映美はホッと胸をなで下ろす。

「えっと、あとは……君も」

輝は依子にも声をかけた。

「写真家は結構気難しいところがあるから。特に、折本はこだわりも強い。君が全て悪いわけじゃないが、少し配慮してもらえるとありがたい」

「……はい。申し訳ございませんでした」

依子は輝に頭を下げたあと、武志に対して改めて謝罪をした。輝の手腕ですっかり場が収まり、映美はやっと肩の力が抜けた。

「よりちゃん」

映美はたまらず依子に駆け寄る。こんなにも意気消沈している従妹を見たことがなく、少しでも力になりたいと思った。

「えみちゃんに助けられちゃったね」

「ううん、そんなことない。出しゃばってごめんね」

「……いいね。優しそうな人。彼氏？　例の傘の人でしょ？」

「う、うん」

彼氏と改まって聞かれると気恥ずかしいが、その通りだ。照れを隠せずに頷くと、依子はもう一度「いいなあ」とつぶやいた。

「よりちゃん?」

「さて、仕事に戻るわ。じゃあね」

映美を残し、依子は武志の元に戻っていった。切り替えの早さはさすがだと感心しながらも、何となく不安を感じた。

(私がこれ以上出しゃばることじゃないもんね……)

「映美」

「あ、輝さん……ごめんなさい」

「いや。正直なところ、こういうトラブルは結構あるんだ。武志はルックスもいいから事務所に所属していて、広報マネージメントがついてるんだ。宣伝もだけど、今みたいなトラブルの対応とかね」

輝の話に、映美は納得といわんばかりに頷く。輝とはまた違ったワイルドな風貌と、自身に満ち溢れた通る声。魅きつけられる人も多いだろう。作品は見た目に反して綿密に計算されたものが多い。有名なカメラマンであり木野カメラを使用していることもあり、武志の写真を見る機会はたくさんあった。もちろん、今日のために予習もして、あらかたの作品は映美の頭の中にある。

「映美は、武志みたいな人は好き?」

「そうですね。作風は繊細なものが多くて、見るだけでも緊張します。モノを撮るときの光の加減が独特で、もの悲しい印象があるかな……あまりないですけど、人がモデルのときも同じですよね。笑顔の写真が少ないので、カメラマンとしてのポリシーがあるんだろうと思いました」

聞かれた通り、映美は武志の印象を語る。口に出さなかったが、好きな作風かと問われたら難しいところだ。武志の作品は完璧に完成された美であるが、楽しめないのだ。細微にわたる完璧な美を分からないものには、見る資格がない。そんな風に写真が語りかけてくる気がしてならないのだ。

けれども、それが好きな人もいる。映美の感じ方が全てではないときちんと線引きはできているつもりだった。

「真面目か」

「え？」

「……俺が聞きたいのはそういうことじゃなかったんだけど。ああ、ほら始まるよ」

「入ります」と、大きな声と共に、今回のモデルの俳優がスタジオに入ってくる。

（奇麗な人……）

レースがふんだんに使われたオリーブグリーンのドレス。ロングトレーンはグラデーションになっていて、着る人を選ぶ。まさに彼女だけが着こなせると言っても過言ではない。

「北欧の静かな森みたい……」

モデルの白い肌と声明に溢れる植物のような色が重なり、映美は思わず感嘆のため息を漏らした。『緑』がテーマの写真にぴったりだと、映美は目を輝かせてモデルを追う。『赤』とはメイクの色が違う。アイシャドウは静かな青で彩られていて、それを見つけた瞬間、ヨーロッパの静かに波打つ湖畔と森のイメージが頭に浮かんだ。

「圧倒的な美しさだな」

「はい……表情も素敵。可愛い……」

撮影に入る前のモデルはにこにこと笑っていてとてもまぶしい。楽しそうな雰囲気を見るだけで映美の心はふわふわと浮き立つ。

毛足の長い絨毯の上に一脚の椅子。長いトレーンを整えながら座る所作一つひとつ全てが美しい。

「……」

（今日もいいね。素敵だよ）

（やっぱり、君のところのカメラが一番だよ）

昔、秀平と一緒に写真を撮っていたときのことを思い出していた。写真を撮り終えたあと、秀平は映美への誉め言葉も、カメラへのねぎらいも決して忘れることがなかった。映美は写真が好きだ。今素直にそんな思いが湧き出てくる。

（私は今、木野カメラで働いている）

写真一枚で人の心を動かせる。写真はありのままの瞬間を切り取ったり、目の前で繰り広げられている完璧な美とテーマを追うことだったりする。友との思い出、別れの悲しさ、子どもの成長を楽しむ。人それぞれが残したいものは違っても、残すためにはカメラが必要だ。

(難しく考えすぎちゃったかな……)

必要以上に撮られることを難しく考え、避けていた。輝のために何か力になりたい。秀平のカメラとまた向き合いたい。いろいろ考えすぎて、大切なことを忘れかけていた。欲情したっていいじゃないか。一番大切なことをすっかり忘れていた。

(私はカメラが好きだから、今ここにいるんだ)

輝と再会したことでいろいろ欲張ってしまっていた。映美は自分の欲深さに呆れつつも、大切なことを思い出すことができた。

(どれもこれも中途半端、なんて思ってたけど、その時間があったからこそ今の私があるんだ)

まぶしいフラッシュに目を細めながら、映美は自分を振り返ることができた。

「輝さん」

武志の厳しい指示が飛び交う中、映美はそっと愛しい人の耳に唇を寄せた。

「ん?」

「私、仕事を頑張りますね」

「どうしたの？　急に」

周りに聞こえない声でこそこそと内緒話を続ける。

「やりたいこと見つかったんです」

「……聞いていい？」

「私、カメラが大好き。だから、今やるべきことを放り出せません。『えみ』じゃなくても大好きな気持ちは変わらないから」

木野カメラを支える方法は『えみ』でなくてもいい。輝の言葉からは『えみ』として何も望んでいないと分かっていたが、人の機微に鋭い映美には、その言葉の裏側にほんの少し隠された本音も見え隠れしていた。

（私が前向きに『えみ』を続けてもいいって言ったら、多分、輝さんは反対しつつも、何かしらの形で残したいって思うはず）

せっかくスタジオに連れてきてくれたのに、と申し訳ない気持ちもあったが、今は『相田映美』として木野カメラのためにできることをしたかった。

「うん。そうだね」

「『えみ』がいなくても、きっと大丈夫です。会社のことを一番に考えてくれるあなたがいるから、頑張って！」

映美が拳をぎゅっと握り、応援の言葉を口にする。すると、目をぱちぱちさせながら、輝の体がかちりと固まった。

「っ、ふふ、く、くく」

「あ、あれ？　輝さん？」

「が、頑張って。そうだ、うん。頑張らないとな……」

「まいった」なんて言いながら、輝が手のひらを額に当てる。

「いや、うん。ごめん。武志は君に……『えみ』に異常に執着していたし、俺も君がモデルになるのをどこかで望んでいたと思う。見透かされたな」

「……力になれなくてごめんなさい」

「違う。君は悪くない。会社のために君を利用しようと、一瞬でも考えたのが恥ずかしい。そうだよな……俺が何とかしないといけない問題だ」

　輝は何かを決意したように、真っすぐ映美を見つめてきた。

「ありがとう。目が覚めた。応援して貰ったからには頑張らないとな」

「っ、は、い」

　フラッシュの明かりに照らし出された輝の目には、映美が恋した情熱が宿っていた。輝の側にいる限り、きっとこのときめきは失われないだろう。そう思ってしまうほど、輝の強さと情熱に映美は恋焦がれていた。

（側にいられることが本当に夢みたい……）

　ふわふわと熱に浮かされながら、映美は輝に目を奪われる。

（キスしたいな……）

ここがスタジオでなければお願いするのに……と、はしたない思いが芽生える。目をそらせないでいると、輝がふ、と口元を緩めた。

「キスしてっておねだりされてる気分だ」

「ひえ！」

そんなつもりはないと否定したいのに思っていたことがばれてしまった。映美は慌てて視線そらし、自分の靴とにらめっこする。

（恥ずかしい、めちゃくちゃ恥ずかしい！）

自分の羞恥心と格闘している映美とは対照的に、輝は隣でくすくすと笑みをこぼす。

「さて、映美の心も固まったことだし、そろそろ帰ろうか」

何カットか撮影が終わり、メイクや髪型の直しに入ったようだ。羞恥心からようやく回復した映美は、顔を上げて辺りを見回す。

（あ……よりちゃん、取材を続けられている）

依子のほうもうまくいきそうだと、映美は安堵する。

「挨拶、してく？」

「うん」

輝に促されるように、映美はスタッフに声をかけていく。モデルの俳優にも、輝は物おじすることなく声をかけている。

「弊社のカメラで写真を撮っていただき光栄です」

「ふふこちらこそ。折本さんに撮ってもらえて光栄だわ」

互いに微笑み合う姿に、映美はまるで一枚の絵でも見ているような気がした。

（近くで見ると、顔ちっちゃい。可愛い。輝いている……）

言葉を失うほど美しい俳優に圧倒されつつも、映美はなんとか挨拶をしようと声をふりしぼった。

「とても素敵でした。北欧の静かな森の中にひっそりと存在する湖畔のような美しさがあって……見ているだけで心が癒やされました」

彼女の反応は輝に返したのと同じように……とはならなかった。

「……あなた、名前は？」

「え？　あ、あ、相田、映美です」

「そう、相田さん。素敵な感想をありがとう。あなたの言葉に私の心も癒やされました」

思ってもいない返答に、映美はまさに天にも昇る気持ちで舞い上がってしまった。つっかえながらも、「こ、光栄です」と伝えると、天使の微笑みを返してくれた。

何度も頭を下げて、その場を後にする。

「映美、よかったな」

「はい……こういった感想を伝える機会はあまりないので、浮足立っちゃいました」

最後に武志に挨拶を、と思って辺りを見回す。すると、まだ依子と話しており、何となく邪魔をしてはいけない雰囲気のように見える。

「さっきのこともあるから、入らないでおこうか」

「はい……そう、ですね」

何となく後ろ髪が引かれるような思いだが、輝は近くに居たスタッフに声をかけ帰ることを伝えてほしいと言っていた。

「俺からもあとで連絡しておくから」

「そうですね。邪魔しない方がよさそうですね」

話の腰を折ってはいけない。そう思って映美は輝に同意する。困った場面もあったが、得られたものも多い。気持ちも新たに前をむけそうだと感じた映美は先を行く輝の後を追う。

最後に視線を武志と依子に移す。武志はにこにこと笑っているのが見えたが、依子は背を向けていてどんな表情をしているか分からなかった。雰囲気は悪くなさそうだが、映美の心に何かが引っかかる。

(よりちゃん、大丈夫かな……)

唯一の気がかりと消えない不安を胸に、映美は輝と共にスタジオを後にした。

十六枚目の『えみ』

『えみ』がいなくても大丈夫。そんな励ましと共に、輝はカメラ事業再興の案をひねり出していた。行儀が悪いと思いながらもデスクの上に足を乗せ、ときどき組み替える。

その手には、先日映美と二人で撮った写真だ。

『えみ』を使っての広告と宣伝は諦めていたつもりだった。本当につもりだったのか、何かの形で『えみ』シリーズを復活させたいという思いを見透かされたうえで、励まされてしまった。

「頑張れ、か」

「俺は情けない男だ」

頬を染め、恋する思いを隠せない少女を見つめながら、輝は今、必死に自社で働く映美を思う。デジタル移行室に異動となった映美がそれはもうよく働いていることを報告書で知っていた。

木野カメラの歴史をよく知っているからか、貴重な資料の見落としがないので周りからの信頼も厚く、頼られる存在のようだ。今は過去資料の展示物の選定に関して、アドバイザー的な役割になっていて、自ら「木野カメラオタクですから！」と息巻いているところもあるらしく、社長としても頼もしい存在だ。

「俺もいつまでも立ち止まっていられないな」

机から足を下ろして、何かいい案はないかと考える。輝の仕事はこれだけではない。今佳境を迎えているＭＲＩのリリースに向けての活動も忙しい。仕事は山ほどある中で、カメラ事業だけを考えるわけにもいかない。

技術や宣伝力がないわけではない。ただ、スマートフォンの普及によって、どうしても不利ではある。広く大衆に向けて、もう少し木野カメラをアピールしたいと輝は考えていた。

（まあ、焦っても仕方ない）

応援されたからには、結果を残さねばならない。カメラ事業再興はふりだしに戻ってしまったのに、どこか清々しい気持ちでいっぱいだった。

くるりと後ろを振り返ると、大きな窓の向こうには奇麗な青空が広がっていた。空気が冷たいせいか、遠くの景色までよく見える。見慣れたものだったが、輝はおもむろにスマートフォンを取り出して、一枚写真を撮る。反射した窓にうっすら自分が映った何ともへたな写真だったが、今、輝が見ている景色そのものだった。

無意識のうちに、メッセージアプリの一番上に固定された人物とのトーク画面を開く。昨日のやり取りで『今日は従妹に誘われているので、出かけてきます』という彼氏としては残念なメッセージをもう一度読んでしまった輝は今撮った写真をメッセージと共に送信する。

『社長室からの景色。特等席』

仕事で忙しくしているだろうと想像する。いつの間にかこんなにも夢中になってしまい、自身でも気持ちを持て余していた。最初は、『えみ』にしか興味がなかった。けれども、成長した映美を知るたびに、初恋を知った少年のように現在進行形で浮かれている。会えないだけで、心にぽっかりと穴が開いたような虚無感に襲われる。感情が素直に出る映美の表情は見ているだけで楽しくて仕方ない。

(正直、武志に怒ったときの表情もよかった)

先日の出来事を思い出し、輝は落ち着かなくなってしまう。笑顔や困った顔、悲しそうな顔、全てが魅力的だが、怒り顔はとても印象的だった。凛としていて、理不尽な相手に気持ちをぶつける姿は、改めて惚れ直してしまうほどに素敵だった。

にやける顔を隠そうと口元に手を当てる。どんな表情も輝を魅きつけてやまない。映美の好きなところがまた一つ増えたと、輝は嬉しくなった。

そんなことを考えていると、スマートフォンが震える。誰かと思って画面を見ると、武志の名が表示されていた。

あのスタジオで会って以来、まともに話すのは今日が初めてだ。

「もしもし」

『ああ、悪い。なかなか連絡できなくて』

武志の声は明るかった。

「この間は、声もかけずに帰って悪かったな」

『いや、全然。俺もさ、目を覚ましたんだよ』

目を覚ました？　何に？　と疑問が浮かぶ。

「どういうことだ？」

『ん～？　いや、これからのことだけどさ、社長のお前がモデルにしないっていうんだったら、仕方ないよなって』

「武志……」

あれほどまでに『えみ』にこだわり、人のことをダサいとまで言って、舌打ちまでして、散々あおってきた武志が潔く諦めたことに、輝は驚いた。物わかりのよさに少々怪しさを感じるが、『えみ』を諦めてくれた様子に安心した。

『俺は、俺のやり方でやるしかないんだよな』

最後に「じゃあな」とだけ言って通話が切れた。耳に残る機械音が不安をあおる。

武志との付き合いは長い。少々扱いに困ることはあれが、互いに信頼関係を築いてきた。

ビジネスパートナーとしても、友人としても。

(気のせい、だよな)

スマートフォンを机の上に置き、業務用タブレットを手に取る。

「今日は……そうだ、この日だったな」

秘書から渡されたスケジュール表を確認すると、夜は懇親会の予定が入っていた。昨日、映美とそんなやり取りをしたはずなのに、すっかり忘れていた。現在の支援者や、今までの功績者などさまざまな人たちを招いて実施される懇親会に、今年は珍しく秀平が参加してくれることになっていた。

（今まで断っていたのに、どういう風の吹き回しだ？）

そんなことを思いながらも、久しぶりに秀平に会えることが楽しみで仕方がない。時間があれば映美の話も聞きたいところだ。そんなことを思いながら、輝は目の前にある仕事に集中することにした。

◇　◇　◇

待ち合わせ場所の駅前に着くと、映美を待つ依子の姿が見えた。声をかけると、依子は驚いたように勢いよく顔を上げる。

「どうしたの？　何か考え事してた？」

依子は「何でもない」と答えたが何だか様子がおかしくて映美は首を傾げた。

「ご飯どうする？　こんな時間だからお腹空いたよね」

現在は十八時半。夕食にちょうどいい時間だと話を振るが、依子はどこか上の空だ。いつもなら「あれが食べたい！　取材で行ったここがおいしい！」と、提案してくれるのに何の反応もない。

（やっぱり、なんか変だ）

映美はじいっと依子を観察する。

（もしかして、この間の取材のこと？）

思い当たる節があり、映美は足を止めて依子の袖を引いた。

「ねえ、何か困ったことでもあるの？」

なおも依子は黙ったままだ。映美は前に回り込み、両方の手首をつかむ。

「よりちゃん」

名前を呼ぶと、依子はやっと顔を上げてくれる。近くで見ると、疲労感が漂っており、肌のくすみと隈が目立つ。いつも奇麗に顔を彩り、映美にもメイクを教えてくれる依子にしては考えられないことだ。

（これは一大事だ。やはりあの取材の件？　それとも別のこと？）

そういえば、失恋したときにひどく落ち込んだことがあった。そんなときは、秀平と三人で慰め会をしたこともあったし、逆に映美が励まされたこともたくさんある。

「えみちゃん」

（どうしよう……おじいちゃんに連絡しようか）

そんなことを考えていると、ほの暗い瞳で見つめられ、名前を呼ばれる。

「ちょっと……この間のことで、折本先生に呼ばれてるの。一緒に来てくれると心強いな」

「うん。どうしたの？」

「折本先生って……この間の取材のことなの？」

小さく頷いたことを確認して、映美はめらめらと怒りが湧いてくる。こんなに憔悴させるほど追い詰めていたのかと全身の血液が沸騰するようだ。輝の友人だと頭に浮かんだが、許せない気持ちの方が強い。

「分かった。一緒に行く。会社の人じゃなくて私でいいのね？」

「……うん。個人的な謝罪だから、映美ちゃんにいてほしい」

個人的な謝罪。その一言に引っかかったものの、遠慮してずっと言いにくかったんだろう。いつも映美を引っ張っていってくれた依子が自分を頼ってくれた。少しでも力になりたいと思った映美は、依子の隣に並ぶ。

「どこまで行くの？」

「……この間のスタジオ。今日、そこで撮影してるって言うから」

歩き始めた依子のあとに続くが、依子の表情は晴れず、辛そうな様子に映美は心を痛める。

よっぽど理不尽な要求でもされているのだろうか。

「手土産とか、持ってく？」

「ううん、いい。そういうの受け取らない人だから」

「そう……」

そこから会話が途切れてしまう。沈黙が続き、映美はちらりと依子の顔色を伺うことしかできなかった。

「今日、おじいちゃんが出かけるって知ってた？」

「え？」

「えみちゃんの会社の懇親会だって。今まで断ってたのに、珍しいね」

「そうなんだ。知らなかった……夜は集まりがあるって言ってたけど、おじいちゃんも来るんだね」

映美は、「楽しそう」と続けるが、依子からは返事がない。気まずい沈黙が流れて映美は居心地の悪さを感じた。

「知らなかったんだ。そういうの、聞かない？　聞かないと不安にならない？」

「え……だって、仕事だし。会社のこともあるだろうから」

「えみちゃんはさ、人を動かす力があるよね。おじいちゃんのモデルをやっていたときもそう」

「そう、かな」

「そうだよ。初恋の人も、おじいちゃんも、折本先生も……みんなえみちゃんのために動いてる」

「……そんなこと」

「ない」と、映美が続けたときちょうどスタジオの前についた。

「映美ちゃん、スカートの裾が折れ曲がってる」

「え？　どこ？」

指摘を受けて、映美はきょろきょろと下を見回す。

「後ろの方。バッグを持っていてあげるから、直しなよ」

「う、うん」

言われた通りに、映美はバッグを依子に手渡す。そしてスカートの裾を払い、「直った？」と確認すると、依子は小さく頷いた。

「よりちゃん、バッグありがとう」

渡していたバッグをもらおうとするが、依子はそんな映美を見ることなく、スタジオの門をくぐる。

「いつも、いつもいつも、えみちゃんばっかり」

「え……？」

「私はいつもおまけみたいな存在。いいなって思った人はえみちゃんばっかり見ていた。それだけならまだしも、仕事でもえみちゃんに邪魔されると思わなかった。あの俳優さん、気難しくて、こっちはかなり苦労したのに」

「よりちゃん？」

「だから」と、依子はスタジオのドアを開けた。薄暗かったところに差し込んだ明るさに目を細めると、誰かに腕を思い切り引かれた。

「少しくらい、仕返ししたっていいでしょ？」

低い、恨みのこもった声だった。目の前でドアが閉まっていく。その隙間から見えた依子は、言葉とは裏腹に今にも泣きそうだった。スローモーションのように閉まっていくドアを見つめることしかできない。

「よりちゃん！」

そう叫んだときには、すでにドアが閉まり映美の声は届かなかった。その後すぐに、ガシャン、と鍵の閉まる音が聞こえ、嫌な予感が全身を包む。

「かわいそうに。仲の良かった従妹に裏切られちゃったね」

背後から聞こえた声に、ぞくりと全身が粟立つ。つかまれた手首から嫌な熱が全身を襲い、映美の体温を奪っていく。

心臓がどくどくと早鐘を打つ。首を動かして後ろを見ると、逆光に照らされ、表情の読めない武志がいた。けれども瞳だけはぎらぎらと欲望を光らせていて、映美を恐怖に包んだ。

「おり、もとさん」

視線で縛られ、身動きが取れない。絞り出した声は震え、言葉にならない。膝ががくがくと震え、立っていることすら危うくなる。

「輝が君を撮らせてくれないっていうから。こうするしかないよね」

「……っ、」

腕を思い切り引かれ、鈍い痛みが走る。先日来たときの喧騒はなく、こつ、と武志の足音が響く。

（誰もいない）

未だに現状が飲み込めず、映美は視線をさ迷わせる。どうして、二人きりになってしまったのか。よりちゃんはどこへ？　と疑問ばかりが浮かぶ。

「どうしたの？　怖い？」

何も言わない映美に、武志がにこにこと笑いながら顔を近づけてくる。大きな目が映美を覗き込む。真っ黒で感情が読めない瞳に、映美はとっさに腕を振り払った。

「おっと」

映美は一歩後ずさり、とっさに距離を取る。恐怖からか、つかまれていた手が震えている。そのまま振り返って、入ってきたドアを開けようと取っ手に手をかける。思い切り下に押したが、ガチ、と硬い音がするだけで全く動かない。

「出られないよ」

「っ、何で、この間は」

「鍵、変えたから。怒られるだろうけど、関係者が入ってきたら困るし。無理に開けようとしてもいいけど、男が思い切り体当たりでもしないと開かないと思うよ」

映美はもう一度ドアの取っ手を押す。体をドアにぶつけたりもしたが、びくともしない。

「あ～、ダメだよ。赤くなったりしたら困るから」

「な、何が目的なんですか」

こつこつと武志が映美にわざと聞かせるように足音を立てながら近づいてくる。恐怖から逃れようとするが、逃げ道はない。

「長谷川秀平は俺の憧れのカメラマンなんだ」

日本で活動するカメラマンのほとんどはそう言うだろう。しかし、映美の反応などお構いなしに、武志は語り始める。

「俺が子どものころ、高価で手に入れることが難しかったカメラを一般に普及させたのは、長谷川さんの功績だと思っている」

武志の評価に、映美は一瞬力が抜ける。自分も同じことを思っていたからだ。

「彼の写真は、真実を映す。ありのままの美しさを一枚の写真から感じることができる。長谷川秀平の作品は全て見た。もちろん、『えみ』もだ。俺の心を揺さぶる『えみ』を輝は自分だけのものにしようとした」

「っ、それは」

映美を守るためだ。そう続けようとしたが、武志は聞く耳を全く持たない。

「ああ、君の意見はいらない。大切なのは、全世界が望む存在をまた自分だけのものにしようとしていることだ」

武志が映美の喉に人差し指を突き立てた。少し力を込められて、声を奪われる。

「っ、は」

「長谷川秀平も、輝も、君を隠す。俺はどうしても『えみ』シリーズの続きが見たい。あの写真は長谷川秀平の作品の中でも最高のもの。続きが見たい、手に入れたい……でも、輝が邪魔をする。そうなったら、自分で撮るしかないだろう？　俺はカメラマンだから」

突き立てられた人差し指の爪が喉に食い込む。びりりとした痛みが走り、映美は顔をしかめた。

「『えみ』はどんな風に成長したのか。俺は考えてみたんだ。君が写真を苦手になった理由も一緒に。幼い少女が徐々に大人になっていく様子を見せながらも、成長していく過程で知った感情があったのだろう」

輝への恋情。耳元でそうささやかれた。輝の声とは違うものに、映美は不快感で全身がこわばる。

「恋情を知った女の成長はどういったものか。考えただけで心が震える」

喉をなでていた手が、髪を拾い上げる。狂気じみた声と、視線と、態度。映美はただ声を詰まらせ、息を荒くした。

「その感情を撮りたい。今の『えみ』を。俺が撮る映美は、どんな感情だろうか」

奪われた髪に、唇が落とされる。嫌悪感が走り、映美は逃げるように顔を背けた。

「撮らせてよ。君を」

「い、嫌です」

「どうして？　君は撮られることが好きなはずだ。依子さんもそう言ってた。あの子は撮られるのが好きだからと。だから今日、協力してくれたんだよ」

「そん、な」

依子に裏切られたのだろうか。そう考えると心が折れそうになり、膝の力がかくんと抜けて、完全に壁に体を預ける形になった。

「あ、いい。その顔いい」

くい、と顎を持ち上げられて、正面を向かされる。依子の裏切りを知り、涙がじわりと浮かんでくる。

「ありのままを撮りたいな。笑顔じゃなくてもいいんだ。悪い話じゃないと思わない？　君を撮ったら解放してあげるからさ。ね？　衣装も用意してあるから着替えてきて」

矢継ぎ早にそう言われ、映美は頷くしかなかった。映美の同意を確認すると、武志は心底満足そうに笑みを浮かべ、撮影の準備のためか映美から離れていく。そのことに安堵した映美は、指示された衣装を手に、奥にある更衣室に向かった。依子に奪われたバッグの中にスマートフォン、財布、全てが入っている。映美から連絡手段を奪うためだと理解すると、悔しさと悲しさで胸が苦しくなった。

（写真を撮ったら終わるって言っていた。従えば終わる？）

今の自分に、武志が満足する被写体を演じられるのか……けれども、やらなければ終わらないのだ。連絡手段もなく、残された道は一つしかない。それでもどうにかならないかと辺りを見回す。置き電話はなく、窓は脚立がなければ届かない高さで、しかもかなり小さい。映美は諦めるしかなかった。

「終わった？」

少しいら立った声と同じような不機嫌なノック。映美はびくりと体を震わせると、慌てて衣装を広げた。

「……これ」

広げた衣装に、また映美は全身の肌を粟立てた。

◇　◇　◇

「秀平さん！」

「おお。木野の坊ちゃん」

「その呼び方、止めてもらえます？」

輝は喜色をあらわにし、秀平に駆け寄った。赤い蝶ネクタイが秀平らしいと思いながらも、まず懇親会に来てくれたことに頭を下げた。

「本日はお越しいただき、ありがとうございます」

「こちらこそ。お声がけをありがとうございます」

慣れない挨拶を交わし終えれば、気軽な関係に戻れた。シャンパンで乾杯、といきたいところだが、いつ映美からお迎えコールがくるのか分からないので、輝はアルコールを控えている。

「なんだ。飲まないのか」

「ええ。いつ、映美から連絡が来るか分かりませんから」

「あの子はお迎えを頼むようなタイプじゃないだろう」

「俺が行きたいだけですから」

はあ～と感心したのか、あきれたのか分からない秀平の声に、輝はわざとらしく肩をすくめた。

「しっかし、まあ……本当に見つけて手に入れるとは思いもしなかった」

「俺の諦めの悪さ、知らなかったでしょう?」

輝はノンアルコールのスパークリングワイン、秀平はハイボール。互いのグラスを合わせて、「乾杯」と口にした。

「君に恋した映美は、まだ子どもだった。そんなときに再会させたら、君に言いくるめられると思ったんだ」

ぐっとグラスを傾けた勢いのまま、秀平はそんなことを吐露し始めた。

「……」

「生まれたときから木野カメラのトップとして生きていくことが決まっていただろう。そんな上に立つような君と……素直で思っていることがすぐ顔に出て、純情な映美には少し刺激が強すぎる」

　秀平の視線が厳しく、輝は思わず目をそらしたくなった。しかし、そうしたら秀平の思うつぼだ。批判なら甘んじて受けようと、輝は背筋を伸ばし、姿勢を正した。

「けどなあ、うちの孫は君を諦めるどころか自らどんどん距離を詰めていって、木野カメラに就職するまでになった。俺が撮った写真がきっかけとはいえ、俺は映美の努力を侮っていた」

「そうですね。結局、俺が見つけたというより、映美が……映美さんが俺を見つけてくれたんだろうと思います」

　輝が「ラッキーでした」と、力なく笑えば、秀平がバン！　と思い切り肩を叩いた。

「映美は、本当にいい子だ。どこの誰に嫁に出したって恥ずかしくない」

「ええ。本当にそう思います」

　二度ほど、バン、バン、と肩を叩かれ、輝は体のバランスを崩す。わざとやっているなと思いながらも、八つ当たりに近い秀平の振る舞いを甘んじて受け入れた。

「映美がさ、君を思っている写真は、俺の最高傑作だ。俺を信頼しているから見せてくれた表情だと思っている。あの写真を撮って以来、それ以上の写真を撮る自信がなくなった……」

「……え？」

「情けないだろう？　そんなはずはないと言い訳しながらずるずる続けてきたが、やっぱり最後の『えみ』以上の写真は撮れなかった」

「悔しかった……」と、秀平はぽつりと懺悔をするかのようにこぼした。いつも強気で、自信満々に笑う姿からは想像できない姿だ。輝はじっと黙って次の言葉を待つ。

「君が……輝君が映美の一番美しい表情を引き出したんだ。身内の俺では絶対にできなかった……」

「……」

「悔しさもあっていろいろ意地悪したな。すまなかった」

「ちょ、秀平さん！」

そう言って秀平が輝に頭を下げる。まさか謝られるとは思ってもいなかったので、輝は慌ててグラスを置いて、顔を上げてほしいと秀平に伝えた。

「映美が……映美が写真を撮られるのが苦手になったのは、きっと俺がからかうようなことを言ったからかもしれない。被写体としてモデルとしての将来を、俺は奪ったのかもしれない」

秀平の懺悔に、輝も心が痛む。誰のせいでもない。そんなことをいえば輝が映美を見つけなかったら、輝が声をかけなかったら……と、たられば の世界になってしまう。輝がそう否定すると、秀平はようやく顔を上げた。

「輝君、俺は写真を辞めたことは後悔していない」

「……秀平さん。そんなことを言ったらファンが泣きますよ」

「君のおかげで、最高傑作が撮れた。君が映美を愛して、映美が君を愛したから。十五枚目の映美が生まれたんだ」

　輝の言葉をさえぎり、秀平が言葉を続ける。謝ったりお礼を言ったり、忙しい。酔っていることもあるだろうが、輝は今日こうして話せたことが運命のように思えた。

「秀平さん、映美さんはうちの会社が大好きだと言ってくれました。写真というものに興味を持ったこと、あなたのモデルとして活動したこと……苦手なことや挫折することがあったけれども、今は木野カメラで働いている」

　秀平の肩を支え、輝は自分にも言い聞かせるように語りかける。

「木野カメラが大好きだと言っていました。祖父の……あなたのカメラへの姿勢を見ていたから、今の映美さんがいる」

　素晴らしいことだ。輝はとても清々しい気持ちでいっぱいだった。『えみ』シリーズの続きを見たい、広告にしたい。そんな風に思ったこともあったが、互いに恋に落ちたせいで広告のストーリーではなく、ラブストーリーとなってハッピーエンドを迎えた。物語としてこれほど完成度の高いものはない。秀平が思いを吐露してくれたことで、輝の中の罪悪感も少し薄れた。

「ありがとなあ。俺は、本当にいい孫たちに囲まれて幸せだ。あ、俺にはもう一人孫がいてな。依子っていうんだが、まあ負けん気が強くてしっかりものなんだ。映美とは正反対の性格でこれまたいい子なんだ」

「そうですか」

しんみりした話が終わると、秀平の饒舌さが戻ったようだ。ハイボールの一杯も飲んでいないはずだが、酒に弱いのか大分酔っている。輝は気づかれないように酒を取り上げ、近くにいたウエイターに水を頼む。

「ほんとに、映美はいい婿をもらったなあ……」

「秀平さん、まだ婿じゃないですよ」

「なんだ！　映美じゃ不満てことか！」

「違いますって……ほら、ずいぶん酔ってるみたいですから。映美さんが言ってましたよ。秀平さんにはいつまでも元気でいてほしいって」

秀平は思いを吐露したことですっかり気が軽くなったのか、酔いがますます回ったようだ。輝はなんとか水を飲ませて、壁際にあったソファに腰かけるように促す。ぶつぶつと何かつぶやいている秀平を監視しながら、内ポケットに入れたスマートフォンを覗いた。

「連絡は、なしか」

時刻は二十一時。夜も更けてきたが、話が弾んでいるのだろうか。メッセージアプリも見たが、懇親会の前に送ったメッセージにも既読がついていない。

（珍しいな……）

そのことがどうしても頭の隅に引っかかる。食事の合間に見てもいいだろうにと思い始めると、どうにも心配になってしまう。輝は映美に電話をしようと思って、いったん会場から抜けることを選ぶ。見ていなかっただけだと分かれば、安心できる。

「秀平さん、ここにいてくださいよ」

　眠そうに何度も瞬きを繰り返す秀平に輝は声をかける。

「おお～、分かってる。そういえば、今日はお前のところのカメラマンは来てないんだな」

　秀平が発した何気ない一言。いつもだったら「そういえばそうだな」くらいにしか思わないだろう。しかし、今日は胸がざわつく。一週間前に武志から「急に撮影が入ったので懇親会に行けなくなった」と連絡があったが、時々あることだったので全く気にしていなかった。

　依子との食事。つかない既読。武志の不在。『えみ』への執着。輝が抜けられない懇親会。そして、秀平の参加。一見バラバラなようで、全てが繋がっていたとしたら……

「っ、」

　まさかとは思ったが、最悪の事態を考えてしまう。

（もし、映美と武志が一緒にいたとしたら）

　そう考えるとて突然恐怖に襲われた。輝と同じくらい武志は『えみ』に執着していた。輝と映美の間には互いを思う気持ちはあるが、武志との間には存在しない。もし、武志が『えみ』を撮りたいと強く思っていたら、どんな行動に出るか。

「俺のいないところでことを進めるはずだ」

　そんな結論に辿りついたら、もういてもたってもいられない。会場の外に出る余裕もなく、輝は映美のスマートフォンに電話をかける。

（頼む。出てくれ）

「輝さん、どうしたの？」と一言、声を聞かせてくれればいい。しかし、輝の願いもむなしく、スピーカーからは呼び出し音しかしない。らちが明かないと通話終了ボタンを押して、輝はいら立ちを隠せない。

「ん？　なんかブーブーいってんな」

焦る輝の隣で、のんきな声が聞こえてくる。ぱっと視線を移すと、秀平が誰かからの電話を受け取っていた。

「お～依子……は？　ちょっと待て。落ち着け。何かあったのか」

酔っぱらっていたはずの秀平が急に真顔になる。しかも今、依子という名前が聞こえた。輝の記憶に間違いがなければ、映美の従妹だ。

「秀平さん！」

不安な思いが大きな声になる。秀平は眉間に皺を寄せて話を聞いていたが、唇を噛みしめ、ぶるぶると震えだした。

「馬鹿野郎！　それで！　今どこだ！」

大きな声を出しながら秀平が立ち上がる。輝は、自分の嫌な予感が的中したことを知った。

「分かった、すぐに行く。いいか、お前はそこから動くな」

通話を終了した秀平が、輝に視線を移す。

「……うちの依子がやらかしたようだ。映美は折本武志のところにいるらしい」

「っ、やっぱり……」

「すまない。依子も泣いていてはっきり分からないんだが、いつも使っているスタジオだそうだ。分かるか？」

武志が懇意にしているスタジオは、木野カメラのものだ。

「分かります。多分、秀平さんも使ったことがある中目黒のスタジオです」

「……あそこか。悪い、俺は抜ける。適当に……」

「待ってください」

慌てた様子の秀平の腕をつかむ。映美が助けを必要としているのならば、じっとしていられない。

「俺も行きます」

「おいおい、主催者だろ？　俺が何とかするから」

「あそこは自社スタジオです。それに、武志のことだ。鍵も変えているはずです。力ずくで入る必要があるかもしれない」

長年付き合いのある親友だ。悲しいことに、輝は武志が考えていることが分かってしまう。通じ合っているといえば聞こえがいいが、今はそんな状況ではない。

「……冷静か」

「それは保証できません。映美は誰にも代えがたい俺の大切な人ですから」

このように言い合っている時間すら惜しい。懇親会といっても輝の挨拶は終わり各自が歓談を楽しんでいるだけだ。

「数分でお開きにします。秀平さんはタクシーを」

「……分かった。五分待って来なければ、先に行く」

会場スタッフに声をかけ、マイクをもらい、スイッチを入れた。

『皆さま、ご歓談中失礼いたします。本日はお忙しい中お集まりいただきありがとうございます。大変申しわけないのですが、急用で抜けさせていただきます』

壇上での輝の言葉に、参加者の雑談がぴたりと止んだ。

『これまで木野カメラを支えてくれた方たちへの感謝の場として開いた会ですが、今は一分一秒を争います。お先に退席することをお許しいただけたら助かります』

焦る気持ちが先走り、マイクがハウリングを起こす。壇上を駆け下りるころには、「頑張れよ」「気をつけて」なんて励ましの声も聞こえてきた。振り返って「行ってきます」と伝えると、大きな拍手が背中を押してくれた。

ホテルの二階にある大ホールから飛び出して、階段を駆け下り、会場のホテルのロビーまで走る。回転扉の向こう側に見えるタクシーに、今まさに秀平が乗り込む瞬間だった。

約束の五分ぎりぎりというところだろう。

「秀平さん」

「……本当に切り上げてきたのか」

「ええ。こんなことで離れるような浅い付き合いはしていませんから」

「大した自信だ」と秀平は感心し、輝は笑みで返した。

住所を告げると、タクシーが発進する。今の時間は渋滞も少ないため、二十分もかからないだろう。そう思いながらも急いでほしいと運転手に告げる。

一分一秒でも早く。武志が無体を働くとは思えないが、『えみ』に魅了された男の執着の強さは自分が一番よく知っている。映美が無事でいてほしいと希望と不安がごちゃ混ぜになり、輝を支配する。

「落ち着け。焦るな」

「分かっています……」

好きな女性のことになると、こんなにも情けない男になってしまうのか。輝は組んだ手を額に押しつける。今、映美がどんな状況なのか分からないことが辛い。

「映美は、輝君が思っているよりずっと強い子だ。絶対に大丈夫だ」

「……そうでしょうか」

「そうさ。俺が言うんだ、間違いない」

「……だと、いいんですが」

永遠にも思える移動時間を、輝は唇を噛みながら堪えた。

絶望、いいえ。屈しない

「こっち向いて」

パシャ、と何度もシャッターを切る音がする。耳に残る不協和音が映美の心をますます曇らせた。武志の用意した衣装は、十四枚目の『えみ』と同じような、真っ白いワンピースと菜の花。直前の写真をなぞってから、自分の作品を撮りたいのか？　武志の考えが全く分からず、映美は言われるがままカメラに視線を向ける。

「あ～……十四歳の『えみ』とは程遠いけど、何となくイメージができたかな……」

少女から大人……と、武志が小さくつぶやいている。

「多分、輝は勘がいいからきっと気づくよ。心配しなくてもそのうち助けに来るよ」

「……それは、あなたにとっては都合が悪いんじゃないですか？」

フラッシュのまぶしさに負けそうになるが、映美は淡々とそう尋ねる。

「うん。だから、君には輝が来る前に俺のモデルになることを了承してほしい」

好きにしていいと武志に言われて、映美は菜の花を手に、スタジオの中をうろうろと歩き回っていた。その後を追うように、武志がカメラを構える。しかし、映美の心は何一つとして動かない。秀平のような情熱も、輝のような熱意も何も感じない。映美は武志に心を閉ざしているからだとすぐに気づいた。

被写体とカメラマンには、互いの信頼関係が必要だ。特に、ありのままの写真を撮る秀平にとっては特にそうだった。武志の腕は確かだが、裏を返せば綿密に支度をすれば心を通わせる必要はない。つまり、映美の感情は何一つ動かない。

「……」

「輝と恋人のままでいい。けれども、俺にもその恋情を向けてほしいな」

何を言われているかさっぱり分からず、映美は歩みを止めた。今、この人は何を言った？　訳が分からない……ときつい視線を向けるが、武志は何てことないように笑った。

「俺にも、分けてよ。君の愛をさ」

「……私に輝さんとあなたで二股をかけろってことですか？」

「簡単に言えばそうかな。普段は輝の恋人でいい。結婚して奥さんになったっていい。だけどこうしてカメラを向けるときだけ、俺を愛してほしい」

「なにを、言って……」

映美の戸惑う表情を逃すまいと武志がカメラを向けてくる。ファインダー越しの視線に、じとりとした執着を感じた。冗談ではない。この人は本気だ。すさまじい『えみ』への思い入れに、恐怖しかない。

「カメラを向けられたら、俺を愛して」

「そんなの、無理」

パシャ。映美の返答など聞いていないとばかりに、何度もフラッシュがたかれた。今まで距離をとっていた武志が、一歩、また一歩と近づいてくる。

「来ないで」

恐怖に支配されそうだったが、何も奪われたくない一心で映美は声を張った。

「どうして?」

「私の愛は、あなたにはあげられない」

武志は全く分からないというように首を傾げた。

「自分で言うのもなんだけど、俺も悪い男じゃないと思う。スペックだって容姿だって輝に負けていない」

もう一歩、近づいてくる。映美は、一歩後ずさる。

「そんなの関係ない」

「本当に?　本当に関係ない?　今まで輝を好きだっていう子はたくさんいたけど、俺が口説けばみんななびいたよ」

こんなときに輝がモテるということを知ってしまった。まあ、そうだろうなと思いながらも映美はいったんその事実を考えの外に追いやる。

「私の愛は、輝さんだけのものだから。あなたにはあげたくない」

唇を引き締め、絶対に屈しない。そんな思いを目に込める。じっと見つめると、武志は嬉しそうに口元に弧を描いてまたカメラを向けてきた。

「その顔、すごくいい。『えみ』の強さがにじみ出ている」

「っ、」

　パシャ。強いフラッシュにも負けないよう、映美は武志をにらんだ。

「う～ん、恋を知って大人になった君を知りたかったけど、その意志の強さもいいね」

　ころころ変わる意見と同じように表情が変わる。元々の武志の気質なのか、それとも本当に迷っているのか。前に見学した撮影とは大違いだ。愛を欲しいと言いながらも、すぐに考えを変える。必死に強がっている映美は次に何が来るかと考えると恐怖しかなかった。

「楽しいんだ。こんなふうに好きなように撮りたいって思ったことなかったから」

　弾んだ声と共に、カメラの調節をしている。ずっと気を張っていたので、カメラを向けられなくなると映美は気が緩み、疲労がにじみ出る。

「写真を撮るときは、いつもどこか怖かった。自分の思い描いたものと少しでも相違があるのが気に食わない。尊敬する長谷川秀平にも輝にも絶対に追いつけないから」

　自分語りが長くなりそうだと映美は近くにあった椅子に腰かける。長く白いワンピースの裾をまとめて、膝を抱えて体を丸めた。身を守るため警戒するのは、心底疲れる。

「『えみ』はすごい。長谷川秀平の技術とセンスの全てが詰まっている。輝なら長谷川秀平になれた。俺にその力はないけど、君をモデルにしたら、きっと……今までとは違う写真が撮れる」

秀平への憧れ、素晴らしさを延々と語るが、その中に輝へのコンプレックスを感じる。きっとこの二人の間には映美の知らないしがらみがあるのかもしれない。

（おじいちゃんも輝さんもとっても素晴らしい。でも、）

「おじいちゃんは、嫌だって言う人をあなたのようには撮らなかった。輝さんは私が嫌なことを強要しなかった」

秀平や輝の考えに背く人に語ってほしくない。挑発するつもりも刺激するつもりもなかったが、黙っていられなかった。

「あなたのしていることは、今まで信頼してくれた全員を裏切っている」

「従妹に裏切られた君が言う？」

痛いところを突かれて、映美はぐっと押し黙る。最初は付き合っていれば終わる。自分が我慢すればいいと思っていた。けれども大好きな人たち悪く言われて黙っていられない。

「よりちゃんに騙されたのは悲しいけれど、私がそうしたいって思ったからいいの」

「すっごい優しいね～その優しさ、俺にも少し分けてよ」

けらけら楽しそうに笑う武志を自分と同じ人間だとは思えない。

「輝もさ、ほんとお人よしだよな。実直で、堅実。ずーっとそれ一本でやってきて、ついには『えみ』まで手に入れて」

「……輝さんはあなたを高く評価していたはずよ」

映美がそう叫んだ瞬間、武志は持っていたカメラを床に投げ捨てた。ガシャン、と重たい破壊音が響いて、映美は声を失った。

「っ、」

「俺はさ、カメラが大好きだよ。けどそれと同じくらい嫌いなときがある」

飛び散ったカメラの破片を、武志の大きな足が踏み抜いた。

「輝さんに認められたんだからってみんなが俺にそう言うんだ。そのときばかりはカメラが死ぬほど嫌いになる。俺は、俺の力でここまできたはずだ」

秀平や輝たちが築いてきた歴史を、目の前の男が壊している。映美はとっさに立ち上がり、壊れたカメラを拾い上げる。

「やめて。ひどい、こんな……」

映美が大好きで、共に育ったカメラに対してのひどい仕打ちに、怒りがこみ上げる。

「子どもが起こすかんしゃくみたい……いったいどうしたいの？」

「そんなの……俺が一番知りたい」

会話も行動も成り立たない。『えみ』を撮りたいと言い出したり、愛が欲しいと言ったり、カメラに当たったり。もしかしたら全てが正解なのかもしれないが、武志のしていることは子どもじみている。

「どうしたらいいか分からないから、全部やるしかないんだ」

カメラに気をとられていたので、武志から気がそれてしまった。肩に鈍い衝撃を受け、映美は無機質な床に倒れる。

「っ、い」

じわじわと痛みが全身に広がる。痛みにもだえていると、大きな影が覆いかぶさった。

「君の愛が欲しいって言ったのは嘘じゃない」

表情を落とした顔が目の前にある。逃げ出そうにも、体を押さえつけられて身じろぎひとつできない。

「いや！　どいて！」

「……『えみ』はどんな顔をしていても奇麗だ」

大きな手が、頬、首、鎖骨をなでていく。決して触れられたくない場所に近づいてきた手を叩くが男性の力にはかなわない。思い切り爪を立てて抵抗するが、武志の動きは止まらない。

「あ～……今は写真が撮りたいな。『えみ』の焦った顔とかここまで絶望した顔とか、長谷川秀平でも撮ったことないだろうから」

「好き勝手にして……許されるはずない」

写真のためだけに生きているわけじゃない。挫折もあり、悔しい思いもたくさんしてきた。自分を押し殺してまで『えみ』を撮られた訳ではない。

「そんなの分かってるよ。俺の心はごちゃごちゃなんだ。君に手を出したこと、きっと後悔する。輝と顔を合わせられなくなる。カメラマンとして生きていけなくなる。だけど、君を手に入れた事実だけが残る」

それでもいいかもしれないと、そんな言葉を耳元で囁かれて、映美は背筋に悪寒が走る。

（本気だ……）

「俺に抱かれたら、君は輝の元には返れない。俺の所に来るしかないだろうから」

「や、やだ」

がっちりと体を押さえつけられ、荒い息が肌にかかる。生ぬるい感触になめられたことに気づき、体が恐怖で固まってしまった。

どうしてこうなってしまったんだろう。依子を放っておけばよかった？　撮影を見学しなければよかった？　『えみ』のモデルをしなければよかった？　輝のことを好きにならなければよかった……？　そこまで考えて、映美は我に返る。

「諦めた？　大丈夫。俺がずっと側にいて愛してあげるから」

頬に唇が落とされる。じっとりと生ぬるい舌が頬をなめ取り、唇の側までやってくる。

「っ、嫌だって！　言ってるでしょ！」

唇を奪われそうになった瞬間、唯一動く首を思い切りそらして、そのまま武志に向かって額をぶつけた。ゴン、と鈍い音と共に広がる痛み。そのとき、一瞬だけ武志の力が弱まった。その隙を見逃さず、映美はいつくばって拘束から逃れる。

「っ、く、そ！」

武志を突き放したが、そのあとにどうしたらいいかまでは考えていない。映美は追いかけてこようとする武志を思い切りにらみつける。

「甘えないで！　私だってずっとここまで順調にきたわけじゃない！　うまくいかないこともあったし、諦めたこともたくさんあった！　こんなふうにカメラに当たって、周りのせいばかりにする人なんかに負けない！」

逃げ場もないが、映美はもう我慢できなかった。考えられる罵声を武志に浴びせる。

「っ、言わせておけば！」

「きゃあ！」

追いかけてきた手が映美の肩をつかむ。また押し倒されそうになったが、映美は手に触れるもの全てを武志に向かってぶつける。

「やめて！　輝さん以外は絶対に触らせない！」

「っ、なん、だよそれ！」

いつの間にかスタジオの入り口ドアに押し付けられている。逃げ場もなく、怒りで忘れていた恐怖がよみがえる。

「嫌だ！」

「『えみ』が嫌だとか、嫌じゃないかとかは関係ないんだ」

「諦めろ」とささやかれてしまう。

（悔しい）

思えば自分はいつも、いろいろな人に大切にされてきた。けれどもそれは、映美がその人との関わりを大切にしてきたからだ。互いに思い合うことのない関係など、もろく崩れやすい。無理やり絆をつくろうとしても、相手を無視してできるものには意味がない。

「……もし、ここであなたが私を無理やり抱いても……私は絶対にあなたのものにはならない」

「……どうかな。そうせざるを得ない状況だってあるだろ？」

そう言って腹をなでる手の冷たさに、全身が粟立つ。気持ち悪い……真っ先にそんな感情が浮かぶ。

「君はとっても優しい人だから、きっと大切にしてくれるだろう？」

何を言わんとしているかすぐに理解したが、映美は悪漢には決して屈しないと声を強くする。

「それでも、あなたのものにはならない」

「そうなったとき、同じことを言えるといいね」

着ていた服を引き裂かれ、輝にしか許していない肌があらわになる。

「絶望してる？　そんな顔も奇麗だけど」

「いいえ。私はあなたには絶対に屈しない。自分だけが苦労して、悲しんで、辛いって思い込んでいるあなたには」

映美は、最後の抵抗とばかりに思い切り武志をにらみつける。

「……どうして、俺はカメラを捨てたんだろうな。絶望に負けず、怒る君はこんなに美しいのに」

瞳の虹彩が覗き込める距離で、武志に囁かれた。

近づく唇。思いのないキスに支配されるのだろうかと思った瞬間、輝の顔を思い出した。

「映美」

声と、少し照れた顔。そして、自分を愛していると語る大好きな目。輝以外に触られたくない。輝だけを愛していた。映美の心も体も全て輝のものだった。

（嫌だな。でも、もうどうすることができない……）

せめて、心だけは絶対に渡さない。そう決めて、映美は真っすぐに武志をにらみ続ける。

そのときだった。

バン、ガン！　と背中から大きな衝撃が伝わってくる。何かを壊すような音と一緒に、体が弾き飛ばされる。

「映美！」

金属製の扉が吹き飛んだと思ったら、今まさに思い浮かべていた人が目の前に現れた。

「ひ、か」

ああ、これでもう大丈夫だと映美は思った。

「ひかる、さん」

数時間ずっと気を張っていたので、映美の涙腺はすぐに決壊する。ぼろぼろと安堵の涙が流れ落ち、伸ばされた手にすがりついた。

「ひ、ひ……ふ、こ、怖かった。怖かった……」

「映美、遅くなってごめん……」

絶対に離れないと映美は輝にしがみつく。怖かった。助かった。と映美の感情が高ぶり、全身が震えている。

「大丈夫。もう、大丈夫だから」

「ん、く。う、ぅう……ひっく」

同時に横隔膜もけいれんし、涙と体の震えも相まって声も出ない。輝は「よかった」と何度もつぶやき、映美の体を抱きしめた。

「……映美、もうこんなところにいたくないだろう？　早く出よう」

輝の優しい声と温もりに包まれながら、何度も頷く。大切に思い、労わってくれることが伝わって、映美は心の底から安心できる。

更衣室に服があると伝えると、輝が映美の体に視線を落とした。肌があらわになっていることに気づいて、慌てて残っていた布で隠す。

「じゃあ、更衣室に取りに戻ったら帰ろう。タクシーも待たせているから、大丈夫」

ちゅ、と額に唇を落とされて、映美はようやく力が抜けた。

「輝君！　映美！」

「お、おじいちゃん？」

こんな騒動に、まさか秀平がいるとは思わず、大きな声が出てしまった。

「映美、映美。大丈夫か？」

「う、うん。大丈夫……」

どうしてここに？　と疑問に思っていると、輝が答えてくれた。

「……依子さんが秀平さんに連絡してくれたんだ」

「え……？」

破られたドアの向こうに視線を移すと、人影が見える。

「……よりちゃん？」

その姿を見つけた瞬間、いろいろな感情が湧き出てくる。怒り、憎しみ、悲しさ……そして、捨てきれない依子への信頼。ごちゃ混ぜになった気持ちをまとめる余裕はなく、映美はぐっと唇を噛む。

「今は体を休めよう。そのあとゆっくり考えればいい」

「映美、そうしなさい。輝君、とりあえずここは俺に任せてくれるか」

考えなくていいと輝に言われたことで、映美は思考を放棄した。今は恐怖と怒りでいっぱいで、依子の顔を見たらひどい悪口雑言を並べたてててしまいそうだった。

「それと、武志……もう二度と会うことはないと思う。当社との契約も破棄させてもらう」

冷たい声に乗せられた武志の名前に、映美はびくりと体を震わせた。武志にされたことを思い出し、体がカタカタと震えた。

「うちのカメラを扱う人間として君はふさわしくない」

「大切な彼女を守ったヒーロー気取りか」

「そんなんじゃない。映美じゃなくたって、俺は止めていた」

底冷えするような低い声に、映美は先ほどの出来事を鮮明に思い出してしまう。輝の温もりで落ち着いていた震えが、またよみがえってくる。そんな映美に気づいたのか、輝が映美の顔を思い切り胸に押しつけ、手で耳をふさいだ。

映美は肌を通して輝の鼓動を感じるだけだった。少し汗ばんでいる輝の焦りからだろうか。体を預け、輝だけの存在を感じていると、鼓膜が細かい音を拾う。

何かを話しているようだが、映美は一刻も早くこの場を後にしたかった。

「映美、帰ろう。秀平さん……すみませんが、よろしくお願いします」

耳を塞いでいた手が離れて、映美は小さく頷く。疲労が全身に押し寄せ、許されるならこのまま輝に身を預けていたい……映美は小さく息を吐いて、もう一度輝の胸に顔を預けた。

目をつぶり、何も見ないようにする。体が軽く上下に揺れて、歩き出したことが分かった。

「えみちゃん……」

どこかから依子の声が聞こえたが、映美は返事をしない。輝も声をかけなかった。

「秘書に車を回してもらってる。それまでこのままで」

スタジオの外に出ると、乾いた空気の冷たさに体が固まる。熱を求めて輝にすり寄れば、より強く抱きしめられた。

「悪かった。ありがとう」

「いいえ」

「タクシーがもうすぐ来るから、君はそれに乗って帰ってくれるか。それと今待っているタクシーにチケットを渡しておいてくれ。秀平さんが乗って帰るはずだ」

「承知しました」

二人の会話を遠くで聞きながら、秘書の方にも挨拶をしなければならないと思い立つ。しかし、今は顔を上げることすらできない。また機会があったときにご挨拶を、と思っているうちに、がちゃりと車のドアが開いた。

「映美。少し横になっていて。すぐに出発するから」

言われた通り、後部座席に横になると、ドアが閉められる。知らないうちにスーツのジャケットがかけられていて寒さが和らいだ。

「ありがとう」「よろしく」などと声が聞こえて、映美はまた目を閉じる。

「お待たせ。俺のうちでいい？　家に帰る？」

運転席から覗き込まれる。映美の気持ちを尊重してくれる輝の優しさに胸がぎゅっと締めつけられた。

「輝さんと、一緒にいたい」

甘えるようにそう告げると、頭をゆっくりなでられた。

「分かった。すぐ着くから」

輝がそう言ってゆっくり車を発進させる。嗅ぎなれた車内の匂いと輝のジャケットの温もりに包まれて、自然と瞼は閉じた。

許されないけど、許したい

　ふわふわの柔らかい布団。寒さを感じて、丸まるように引っ張ると、すぐにまた眠気に襲われる。また眠りの世界に入ろうとしたとき、遠くから聞こえてくる音で目が覚めてしまった。

「……あれ？」

　輝が助けに来てくれたのかと思ったが、もしかして……映美の血の気が引いた。

「や、やだあ……」

　輝しか知らない体を暴かれてしまったのかと思った瞬間、嗚咽が漏れた。

「うっ、うう、ひかる、さん」

　ぼろぼろと涙がこぼれ落ち、シーツを濡らしていく。

「ひかるさあん」

　幼い子どもが親を探すかのようなか細く頼りない声で名前を呼ぶ。そうしているうちに、涙が次から次へとこぼれれて、むせび泣いてしまう。

　わんわんと声を上げ、悲しい気持ちが涙となって頬を伝う。どん、ばたばたと大きな音が聞こえて、バン！　と激しくドアが開かれた。

「映美！」

開かれたドアから映美に無体を働いた人が出てくるのかと思ったが、視界に飛び込んで来たのは助けてほしいと願った人だった。

「ひかるさ、」

一心不乱に手を伸ばすと、すぐに長い腕が映美を抱きしめてくれる。ぎゅっと包まれて、ようやく現実に戻ってこれた。

「よく寝ていたから……側にいなくてごめん」

「う、うう……ほんとです」

ちょっと皮肉を込めてそう口にすると、抱きしられる力がますます強くなった。

「よかった……無事、じゃないかもしれないけど最悪の事態にならなくて本当によかった」

「わ、私も……」

ヒックヒックとしゃっくりが交じり、うまく言葉にできない。

「来てくれて、嬉し、ヒック、かった」

ありがとうございますと、やっとの思いで口にすると、息苦しいほど強く抱きしめられた。

「無事で、よかった」

絞り出された声には、心配と安心が感じられた。映美は輝の声を聞いて、また涙が流れる。

「勝手な願いかもしれないが、写真を嫌いにならないでほしい。もう撮りたいだなんて二度と言わないから」

流れる涙をすくうように、何度も唇が落とされる。後悔をにじませた輝の姿に、気にしないでと伝えるように、映美は背中に手を回した。

「……嫌いになんてなりません。私と輝さんを引き合わせてくれた大切なきっかけだから」

彼の胸に体を預け、心音を聞いているうちにたかぶっていた気持ちがようやく落ち着いてくる。恐怖が落ち着いてくると、布越しの体温がもどかしく感じる。輝以外の人に触れた体が助けてほしいと悲鳴をあげている。

（こんなときにまで抱いてほしいなんて……）

体に残る武志の痕跡を全て消してほしい。そんな建前と、素肌で触れ合いたいという真っすぐな欲望が入り混じる。映美の気持ちを察知したのか、それとも輝自身もそう思ったのか、下腹部に硬いものを感じた。

「あ、」

先に反応したのは映美だった。力強く映美に反応するそれは、いつもと同じものだ。あれほど嫌な思いをしたのに、やっぱり欲しいと願ってしまう。

「……ごめん。しないから」

こんなに反応しているのにと、はしたなく思ってしまう。輝の優しさにいつも安心させられているが、今日は少しだけ違った。

「どうして？」

「どうして……って。あんな嫌な思いしたから」

「したいって言ったら、嫌ですか？」

唇が軽く触れるくらいの距離でおねだりをすると、輝の目が大きく開かれた。そっと頬に手を寄せて、深く唇を重ねる。いつもは輝に身を任せてばかりだったが、今日の映美は積極的だった。

「映美、落ち着いて」

「落ち着いてる」

「待って、あんなことがあったから……大切にしたいんだ」

「私が欲しいって言ってるのに？」

離れようとする体を引き止める。キスを繰り返すが、「待って」「落ち着いて」などと映美の誘いには乗ってきてくれない。

（体はこんなに反応しているのに……）

映美に押しつけている塊が質量を増した。

「輝さんが欲しいの。ダメ？」

すると、両方の腕を掴まれ、世界が反転した。

「あ、」

「まったく……秀平さんにも連絡しなくちゃいけないのに」

悪い子と言いながら額に唇が落ちてくる。大好きな目は映美だけを映し、沸き上がる情欲に喜んでいる。

「輝さん」

「ん、でも俺のほうがよっぽど悪い男だな」

がぶりと頬に噛みつかれる。甘噛みをされ、映美は首をそらす。

「じゃあ、お互い悪い子同士ですね」

映美が口角を上げて、いたずらでも思いついたように口にすると、子どもにしては大きな体がのしかかってきた。

「じゃあ、今夜のことは誰にも内緒だ」

あ、キスされる。強い意志を持った目をずっと見ていたかったが、ロマンチックな雰囲気に無粋だと思い、そっと目を閉じた。

「どこに触られた？」

輝の手が映美の肌をなでた。嫌な記憶がよみがえりそうだったが、輝の熱を思い出して心を落ち着ける。びりびりの服を見ればそう聞かれても当たり前かもしれない。けれども実際触られたのは顔が中心だった。

（そこまでの度胸はなかったってことかな）

「映美？」

「……顔。なめられた。キスは、されてない。でも、あの人の息がいろんなところにかかってすごく気持ちが悪かった」

「じゃあ、消毒させて」

怒りを押し殺したような声だった。映美は小さくうなずくと、輝の舌と吐息が肌をなでる。

「あっ、ふ……ん」

「全部舐める。すみずみまで、全部」

不穏な宣言のようにも聞こえたが、映美はもう一度うなずく。頬、唇、首……体の部位全てを輝の舌でなめとられた。そのたびに映美は甘い声を漏らし、全身で輝を感じていた。

「あ、やだ……汚い、よお」

内ももに舌が通ると、映美はたまらず静止してしまう。しかし輝はまるで見せつけるように片足を持ち上げた。

「ダメ。すみずみまでって言ったでしょ？」

かぷりと甘嚙みされて、映美は快感で首をそらした。

「――ん、う……あぁ」

漏れ出る声は言葉として成り立たず、子犬のような鳴き声になってしまう。輝の舌が段々と中心部により、濡れて蜜を光らせた秘部に到着した。ひだをかき分けるように舌が侵入してきてあふれ出る蜜をどんどん吸い上げていく。膨らんだであろう秘芽に舌先が触れた瞬間、簡単に達してしまう。

「や、やだぁ……」

じゅるじゅると舌と蜜が絡み合う音が耳に流れ込んでくるため、恥ずかしい。何度達しても輝の気がすまないようだ。

「は、は……は、ぁ……」

呼吸すら難しくなってくると、やっと輝が顔を上げてくれた。

「これで全部、と言いたいけどまだ奥が残ってるね。でもここは舌が届かないから」

長い指が映美の臍の下をぎゅうっと押してくる。さんざん快楽に慣らされた体はたったそれだけにも反応してしまい、びくりと全身を震わせた。輝の体が離れ、奥を貫くための準備を始める。

「輝さん、あの、ね」

「うん？」

「激しくしてほしい」

全身を愛撫され、くたくたになった体を必死に起こして、輝に声をかける。

「映美？」

「今日は、激しいのがいい」

コンドームを装着した輝に、映美はねだった。

「自暴自棄になってない？」

輝に心配されたが、映美は首を横に振る。

「違うの……いつも、輝さんが我慢している気がして。あの、ちゃんと受け止めたいの」

映美はずっとそう思っていたがなかなか言い出せず、今日のタイミングになってしまったと言葉を続けると、輝はぐうっと喉を鳴らした。

「いいの？」

「うん。お願い」

映美の了承を得ると、輝の瞳から光が消えた。すっと空気が冷たくなり、気づいたら映美はベッドに押し倒されていた。

「悪い子同士、楽しもうな」

にい、と弧を描くように笑ったあと、腹の奥に重たい衝撃が広がった。

「あ、あ」

声を出す暇もなく達してしまった。そこからの記憶はあまりない。いつも以上に激しく責め立てられた。もちろん一度で終わるはずもなく、輝の瞳に光も戻らない。

「あっ、あーっ！　ん、あ、だ、めダメ。またいっちゃう！」

パンパン、と激しい音が響く。ベッドが波打つようにきしみ、普段どれだけ手加減されていたかを知る。

「映美が望んだんだよ。激しくしてほしいって」

輝が腰を押しつけてくる。大きな剛直が映美の最奥を刺激する。隙間なく中に埋まった

それは、映美の感じるところを知り尽くしていた。

「閉じ込めてしまいたい」

「誰にも見せたくない」

「君を愛す人は俺だけでいい」

一見すると不穏な言葉だが、愛されている歓喜で心が震えた。輝の欲望を、肌で、耳で、そして粘膜で感じるたびに、映美は何度も何度も達してしまう。

(嬉しい)

(愛してる)

(あなただけ)

伝えたい思いがどんどんあふれ出てくる。しかし、何度も何度も絶頂に追いやられるせいか、声が出ない。何とか思いを伝えたくて、映美から何度もキスをねだる。

「……映美にキスをねだられると」

荒い息の合間に、輝が語り掛けてくる。回らない頭をフル回転させて輝の言葉に耳を傾ける。

「愛してるって言われている気がする」

まるで確かめるような口調だった。映美は呼吸を整え、ゆっくり微笑む。

「……バレちゃいましたか?」

そう口にして、もう一度キスをねだる。それはすぐに深いものに変わって、映美はまた言葉を奪われるほどの快楽に飲み込まれた。

◇　◇　◇

「こら！　お前ら……！　帰ったなら連絡するのが筋ってもんだろう！」

次の日の朝、輝と二人で秀平の自宅に来てほしいと呼ばれた。

体を繋げるのが心地よくて、一回で情事は終わらなかった。体を動かして疲れてしまったので悪夢のような出来事を忘れるくらいすっかり寝入ってしまったのだ。

今まさに秀平の自宅で、輝とそろってお説教を受けているところだ。思ったよりも長い時間がみがみ言われ続け、正座をしている足が限界だ。けれども、心配をかけてしまったことは素直に反省しなければならない。

「まあ、輝君が一緒に居てくれたから大丈夫だってわかっていたけど。映美は父ちゃん母ちゃんも海外ですぐ連絡が取れるようなところにいないんだから、気をつけろよ？」

「はい。わかりました」

ぼりぼりと頭をかきながら、秀平はなんとか怒りを収めてくれた。

「それで、まあ本題なんだが……」

和やかな雰囲気ががらりと変わり、空気が緊張した。映美よりも輝の方が緊張している。

「……ご提案によっては却下させていただきたいのですが」

「分かっている」

秀平は姿勢を正し、輝と映美に向き合った。

「……この度は、依子が大変なご迷惑をかけた。それだけではすまないことも重々承知しているが、俺も原因の一端を担っていると思う」

「っ、やだ。おじいちゃん止めて！」

映美が膝を立て、秀平に近づく。しかし、秀平は頭を下げたまま、もう一度謝罪の言葉を口にした。

「映美と輝君さえ許してくれれば、この場だけで収めてくれると助かる。どうか、この老いぼれの願いを聞き入れてくれないか」

「肝心の依子さんはどう思っているのですか？　それに彼女のご両親には？　映美さんのご両親には？　ここで収めるということは、お伝えしないということでしょうか」

「……それ、は」

秀平が言葉に詰まる。輝の言った通りなのだろう。険悪な二人の雰囲気に、映美はおろおろしてしまう。

「一歩間違えれば、映美さんの尊厳が全て失われるような出来事だったと思います。それでもなお、私たちの間だけで収めろと？」

「……輝さん」

怒りを隠そうとしない輝の手に、映美は自分の手をそっと重ねた。拳を強く握りしめていたせいで、血流が滞り手が白くなっている。これほどまでに怒っている輝を見るのは初めてだ。映美は彼が隣にいてくれることを心底よかったと思う。輝と視線が合い、映美は大きく頷く。

「おじいちゃん。私の意見を言ってもいい？」

「あ、ああ。」

「折本さんのしたこと、私には全く非がないと思っている。輝さんもそう言ってくれたから」

もちろんだ。秀平と輝は二人同時に同じ表情で頷く。

「折本さんは、輝さんとおじいちゃん……そして、木野家の人たちが大切に築き上げてきた木野カメラを壊しました。彼にはもう二度と木野カメラを持ってほしくありません」

「……」

「私は今、木野カメラの歴史を誰でも見られるように展示したり、整理したりしているの」

そこから映美は木野カメラの歴史がいかに尊くて、現在にまで受け継がれているかを話した。

「家族経営の会社だけど、いろんな人が関わって、積み上げられてここまで成長したんです」

それを放り投げた武志をどうしても許せなかった。腹の奥底から怒りが込み上げてくる。今頑張っている輝と会社を支えてきた秀平への侮辱もいいところだ。一時の感情に流されたからといって武志の行動は許されるものではない。その思いを一気に吐き出すと、輝がゆっくりと背中をなでてくれた。

「ありがとう」

映美は首をふるふると横に振る。

「私は木野カメラが大好き。大好きなおじいちゃんが使っていたカメラだから。輝さんのとご家族と、昔の人たちがみんな愛して使ってくれたカメラだから。私の……『えみ』を撮ってくれた大切なカメラだから」

映美は、秀平を見つめてそう言い切る。そして、一瞬間を置いて、ゆっくり息を吸う。

「それと、よりちゃんと……依子さんとお話をしたいです」

あんなことをした依子と会うのは辛い。けれども、立ち止まってはいられない。映美にはこれからもやること、やりたいことがたくさんあるからだ。

「依子、入ってこられるか」

やっぱりいたんだ……そう思って、映美はごくりと唾を飲み込む。緊張しているからなのか、全身の血液が冷えて体温を奪っていく。重ねた輝の手から伝わる熱が映美の心の支えとなる。

「えみ、ちゃん」

隣の部屋から入ってきた依子は見るからに憔悴しきっていた。いつも奇麗に彩られている瞼はパンパンに腫れ泣いていたことがすぐ分かる。いつもだったら「どうしたの！」と飛びついていたかもしれない。けれども、映美は今冷静に待つしかない。そうしないと何も解決しない。

背中を丸めてとぼとぼとこちらに来る依子の手に、何かがある。

（アルバム……？）

映美は目を細めて依子の一挙一動を観察する。秀平に促されてやっと座った依子が、すぐに頭を下げた。

「……ごめんなさい。私は……全部勘違いをしていました」

平坦で落ち着いた声だった。依子なりに決心がついたのだろう。長い付き合いだからこそ分かる。映美はじっと次の言葉を待つ。

「私……ちゃんと、みんなに愛されてた。えみちゃん……映美さんばかりおじいちゃんに愛されて、注目されて……木野カメラの社長まで愛されてって嫉妬してた」

ぎゅっと手に持っていたアルバムを依子は抱きしめる。

「どれか一つくらいなくなってもいいでしょと、思ってしまいました」

本当にすみませんでした、もう一度深く頭を下げて、依子は手に持っていたアルバムを差し出してきた。

「『えみ』シリーズがあるように、私のもあったの……」

アルバムを広げると、映美とよく似た少女の写真がシートいっぱいに貼られていた。

「これ……」

「『えみ』も『よりこ』も俺にとっては大切な作品で……大切な思い出だから」

「私のも、ちゃんとあったの。おじいちゃん、えみちゃん……本当にごめんなさい」

アルバムのページをめくると、赤ちゃんのころから年代を追って依子の写真が並べられている。少し古ぼけたアルバムは、埃を被ることなく中も奇麗だ。秀平が時々見返していたのだろうとすぐに分かった。

「……みんな、おじいちゃんの大切な孫だもんね」

怒りはすっかり鎮まり、映美はアルバムを閉じると「もういいよ」と、口にしそうになった。しかし、言葉を紡ごうとした口は輝の手でさえぎられた。

「映美さんはきっと君のことを許すだろう」

（そう。許されないけど、許したい）

口を塞がれ、映美は言葉にすることはできなかった。同意するように頷くが、輝の手は離れない。

「俺は、絶対に許せない。映美のこれからの人生全てを奪うような行動だったと思う。この場で収めるということは、君の罪を君自身が一人で背負っていくんだ」

それを分かっているのかと、念を押すように輝が続ける。決まりの悪さを指摘され、依子がぎくりと固まった。隣にいる映美ですら逃げ出したいほどの冷たい声だった。いつも優しい輝からは想像できない姿だ。

「分かっています。私は……きちんと自分と向き合います」

依子は、輝や秀平に負けない強い力を持った目で輝と向き合った。いつも自信に溢れていて、パワフルで……映美のよく知っている依子だ。

ああ、きっともう大丈夫だ。映美の大好きな依子が戻ってきた。心配性で、おせっかいで、プライドが高くて。だけど、とても強い。映美は輝の手を口元から払って、依子に向き合った。

「それでこそ、よりちゃんだ」

自然と浮かんだ笑みと、ぽつりとこぼれたれた言葉は紛れもなく映美の本音だった。それに対して、依子は曖昧に微笑むにとどまった。

『当たり前でしょ！』と言い返してくれる関係には戻れないかもしれない。けれども、それでいいのだ。互いに大切にしているものに向き合うことのほうが大切だ。

「……まあ、いいでしょう。ああ、秀平さん。ちょっといいですか？」

話し合いが終わり、依子は先に帰宅したが、映美は帰るタイミングを失ってしまった。輝と秀平が何やら話し込んでしまったからだ。やることもなく、映美は冬の日差しが差し込む縁側に向かう。庭はすっかり冬の様相に包まれ、もの悲しくも見える。けれど、葉の落ちた木々から差し込む日の光、枯れた落ち葉が風で舞い上がる姿が、正しく季節の移ろいをみせていた。映美は自然とスマートフォンを構え、庭の写真を一枚撮る。

「……今日が始まりの日かな」

自分で撮った不格好な自撮り。その隣に、冬を映し出した写真が保存される。映美は木野カメラが大好きだ。写真も大好きだ。撮るのも、撮られるのも諦めてしまったが、両方大好きなのだ。遠回りしなければ気づけなかった事実に、何とも自分らしいと思ってしまった。

(これから少しずつ思い出が増えていけばいいな)

願わくは、その隣に輝がいてくれますように。愛しい人の存在を思い浮かべて、映美はまたぼんやりと空を見上げた。

エピローグ

木野カメラ本社ビル一階の一角を使用し、歴史と貴重な資料を公開する展示会が期間限定で実施された。

会社なので用事のない一般人がビル内に入ることはほとんどない。そんななか木野カメラはかなり前から社員食堂を開放し、開かれた会社を目指していた。しかし、宣伝が追いつかず実際はほとんど知られていなかった。

でも、今回実施した展示会は大成功だった。期間限定のシステム移行室がメインとなり、資料の分別を行い、展示会を企画し実施した。その結果、輝が思っていたよりもずっと広く世間に木野カメラの名前を知られることになった。

そして今日、輝は国営放送で流れる特集番組のインタビューを受けるために準備をしていた。

「しかし、すごい反響だな」

秘書にそう声をかけると、同意の頷きが返ってくる。

「ええ。システム移行室がよい企画にしてくれたおかげで、たくさんの人に興味を持ってもらえることに成功しましたね」

「ああ」

室長の井川を筆頭に、木野カメラの歴史に詳しく、扱う資料の分別がつき、データ移行に必要なパソコン技術持った優秀な人材が集められた。そのおかげか、想像していたよりもずっと素晴らしい展示会を実施し、会社の名前を任せられる結果になった。

「社長の恋人の相田さんも、展示会での案内役がかなり評判だったようですね」

「ああ……それは誤算だったな」

秘書のからかいに、輝は気が気ではなかった。展示会での案内ホスト役に推薦された映美の活躍は他を抜きん出ていた。今日の特集番組にも出てほしいとオファーがあったほどだ。

設立の歴史から、ちょっとした小ネタ。木野カメラの名をより高く押し上げた長谷川秀平の歴史まで語るものだから、映美の説明を聞きたいカメラファンが列をなしたと聞いている。当の本人は「木野カメラオタクですので！」とあっけらかんとしていたが、その中に映美を好きになった男性がいたのも輝は知っている。

「はあ……ほんと、困った」

「でも、社長、顔が緩んでますよ」

輝は口元を手で覆う。そのまま鼻で思い切り息を吸って、ちらりと秘書に視線を移す。

「バレたか」

「ええ」

「……『えみ』シリーズの続きを出さなくても、うちには本当に優秀な社員が多くてありがたい」

心底そう思っている。緩む口元を引き締めて、輝は時間だとインタビュー会場に向かう。

期間限定だった展示会は、初秋にも再度実施されることが決まった。社内のフロアは今後も持続的に開放できるよう調整中であり、次回の展示会は上野にある美術館の大フロアで実施されることが決まった。映美との初デートの場所で、運営を引き継いだ広報部がもぎ取ってきた場所だ。

映美は広報部に戻ったが、現在は展示会の準備で多忙を極めてる。

『大好きなことを仕事にできて本当に幸せ！』

と、満面の笑みで言われてしまえば、なかなか会えないから寂しいなんて弱音は吐けない。

「まあ、負けてられないな」

せっかくつくってもらったチャンスだ。これから木野カメラの再建のために、輝は自分がやれることをやらなくてはいけない。

『木野の坊ちゃん。木野のカメラを愛している人は、もっとたくさんいるぞ。周りに目を向けてみろ』

秀平からのありがたいアドバイス。映美の彼氏の場合、『輝君』と呼ぶ。しかし、木野カメラの社長として対峙するときはまだ『木野の坊ちゃん』と呼ばれている。自分はまだまだなのだと思い知らされつつも、絶対に認めさせる。という強い思いを抱いた。

そのために輝は、今自分が持つ全てを総動員してやろうと心に決めた。

◇　　◇　　◇

「『木野カメラ専属カメラマンを募集』応募資格は木野カメラに愛を持っている人。たったそれだけの応募条件に、どれほどの人が集まるか。審査員には、木野カメラの成長に一役買った長谷川秀平を選出。そのほか、同社社長も。そのほかの審査員は追って発表されるとのことです。どんな人が集まるのでしょうか。楽しみですね。それに、選出者には、長谷川秀平カメラマンからの指導もあるようで。これは……」

木野カメラ特集番組の最後でカメラマン募集の告知が流れる。応募方法は木野カメラのホームページで、案内されていて映美は自社のホームページを開く。しかし、アクセス過多なのか、なかなかページが開けない。

そうこうしているうちに、聞きなれた声がテレビから聞こえてくる。スマートフォンから顔を上げると、映美の祖父である秀平が、いつもの豪快な笑みを浮かべているではないか。

「おじいちゃん！」

テレビに向かって映美は叫ばずにいられなかった。すると、がちゃりと背後の扉が開いた。

「映美、ただいま」

今日は輝が映美の家にくる日だった。しかし、輝はいつもこうして我が家に帰ってくるかのようにふるまってくれる。

「輝さん！　おじいちゃんがテレビに出てる！　え！　どういうこと！」

「ああ、そう言えば今日放送だったね」

「知ってたの！」

「そりゃ、社長だから……先に確認させてもらって」

輝に詰め寄ったものの、気になることが多すぎてそれどころではない。映美はテレビと輝の間で視線を行ったり来たりさせている。

『木野の社長からどうしてもとお願いされて、もう一度カメラを持つことに決めました』

「え～！　嘘！　本当！」

あまりの嬉しさに、テレビに向かって叫んでしまう。秀平の写真が見られる。映美は嬉しさのあまり、ソファの上で体を跳ねる。

『写真を撮るっていうより、指導がメインですが。今は絵画教室の講師もしているのでまあ、俺も忙しいわけで。でも、決して片手間にはしません。俺は木野カメラに育ててもらったんですから。恩返し、ですね』

「おじいちゃん、かっこいい！」と、思わず漏れでた言葉に、いつの間にか隣に座っていた輝から笑い声が聞こえてくる。

「ははは。映美は本当に秀平さんが好きだなぁ」

「輝さんだって好きでしょ！　あ～……おじいちゃん、生涯であと二回しかカメラを持たないって言ってたんだ……ってことはそのうちの一回なのかな？」

輝に体を預けてぽつりとつぶやく。すると、隣から「あ～……」と決まりの悪そうな声が聞こえてきた。

「それ、多分これから答えてくれるよ」

そう言って輝はテレビを指差した。指先をたどるように視線を移すと、少し照れくさそうな秀平が映し出されていた。

『俺は生涯あと二回だけカメラを持つって決めてるんだ。孫二人の結婚式。まあ、予定は狂ったが、許してくれるだろう。一人の孫がそろそろその機会をくれるかなって思ってるんだ』

秀平の答えに、映美はあっけにとられた。口がぽかんと開き、目を見開く。

「だって。聞いた？　映美。また秀平さんに撮ってもらおう」

映美が驚きに包まれていると、隣からそっと何かを差し出される。ドラマや漫画でよく見る、深いベルベッドの箱。

「映美。君と出会ってから、俺は幸せなことばかりだ」

初恋と二度目の恋を奪われ、三度目の恋が成就した。それだけで満足していたはずなのに、今差し出された小箱を目にすると、とても欲張ってしまう。

「はめてもいい？」

「……っ、」

言葉が出てこず、映美は何度も頷く。小箱の中に鎮座するダイヤは、これからの二人を照らすような美しく真っすぐな輝きを放っている。両サイドに飾られたダブルサイドメレとストレートなリング。正統派の指輪が輝らしい。

「いつも、いつもあなたを思っていた。まさか、叶うと思わなかった……」

「俺も。十五枚の写真が俺たちを結びつけてくれたんだ」

「……あなたが、見つけてくれたから」

ぽろぽろこぼれれ落ちる涙で視界がぼやける。それでも、指にはめられた輝きは失われない。

「映美。写真を撮ろう」

「……うん」

向けられるカメラには、きっと嬉しくてたまらないと喜ぶ映美が映るだろう。

「……ひかる、さ」

特別な結婚式

「いつもあれだけ人前に立ってスピーチしているのに？」

部屋の隅のソファの上で縮こまる輝の背中はいつもより小さく見える。先程から立ったり座ったりを繰り返していて、緊張が見て取れる。今自分はメイク中のためそばに行って背中を撫でてあげることはできない。

「それとこれは別なんだよ。映美は緊張しないの？」

「う～ん……少しはあるけど、おじいちゃんがカメラを持った嬉しさの方が大きいかな！」

「それは俺も同じなんだけどさ」

そう言って輝はまた立ち上がる。真っ白のタキシードをこれ程かっこよく着こなせる人がいるのだろうかと思うほどよく似合っている。衣装決めのとき、映美はあまりのかっこ良さにお色直しを希望したほどだった。時々ため息を零す姿も色気に溢れていて、視線を奪われる。

「はーい。花嫁さん、しっかり前を向いてね～旦那さんがかっこいいのは分かるけど！」

「あ～……緊張する」

「ふふ、ごめんなさーい」

今日は二人の結婚式だ。式が決まったとどこからか聞きつけた『えみ』シリーズを支えてくれたアシスタントたちが、ぜひスタイリストやヘアメイクなどをやりたいと声をかけてくれた。十何年もお世話になった人たちということもあり、断る理由はなかった。

久しぶりに会ったアシスタントたちはちっとも変わらなかった。そのおかげで映美はとてもリラックスして今日を迎えられた。

ウエディングドレスもカラードレスもティアラもこだわって選んだ。結婚式には夢があるが、いかんせん準備が大変すぎた。輝の立場を考えると妥協できないことも、大変さに拍車をかけた。

「あとはティアラを乗せれば……はい！　完成」

ケープを外し、鏡と対面する。今日くらい少し自惚《うぬぼ》れてもいいと思えるくらい、美しく飾られた自分と視線が合う。

「ほら、花婿さん。完成しましたよ！」

重たいドレスは立ち上がるのも一苦労だが、介添人の手を借りてゆっくり立ち上がる。

「ど、どうですか？」

試着で何度か互いの姿を見ているが、改まると少し恥ずかしい。輝の前に隣に似合う女性になれているだろうか。

「輝さん？」

もじもじ俯いていたが、なんの反応もない。少し心配になって顔を上げると、顔を赤に染めて口元を手で押さえている輝と目が合った。

「……」

なぜか映美もつられ顔に熱が集まる。

「あらあら、お互い照れちゃって。でもほら、花婿さん、ちゃんと言葉に出さないと」

メイク担当がぽん、と肩を叩く。それで我に返ったのか、輝は背中をピンと伸ばして姿勢を正した。

「……とっても奇麗だ」

照れくささを隠さず、まっすぐ見つめられた。向けられる視線の強さに身が焦がれてしまう。じわじわと熱が体を支配して、ドレスを全部脱いで抱きつきたくなる衝動に駆られる。

「も、ダメです」

「何が」

「分かっててやってますよね！」

輝が映美に弱いように、映美だって輝に弱い。見つめられてしまえば簡単に熱情を抱いてしまう。

「世界一奇麗だよ。見せびらかしたいが、誰にも見せたくない。複雑な気分だ」

「も、う。輝さんたら」

嬉しい気持ちが声に出てしまう。輝はそっと映美に近づくと、顔を寄せてくる。「あ、キスが来る」と、思った瞬間、バアンと背後で大きな音が響いた。

「よー！　終わったか？　っとと、お邪魔だったな」

「おじいちゃん！」

ずかずかと控え室に入ってきたのは祖父の秀平だ。その手にはカメラが握られていた。気づいたのは映美だけではない。輝も同じだった。

「……秀平さん」

感極まる映美に気づいたのか、輝が前に出てきた。そして、ゆっくりと頭を下げる。

「今日はよろしくお願いします」

「まかせろ。とは言っても俺は年だからさ。披露宴は他の奴らに任せるがな」

「はい。承知しています」

映美は秀平の写真が大好きだ。もう二度と見られないと思っていた写真をまた見ることができて心の底から今日という日に感謝した。

「えーみ。ほら、花婿さんが嫉妬すんぞ？　じいちゃんが大好きなのは分かるが」

「もう、おじいちゃんも輝さんも私をからかって……」

悪態をつかないと涙がこぼれてしまいそうだった。秀平に撮ってもらうなら、みっともない姿を見せるわけにいかない。映美はぐっと涙をこらえて、姿勢を正す。

「じゃ、これからの二人の門出を祝って一枚撮っとくか。ほら、並んで」

「え、ええ」

まさか今から撮るとは思わず、心の準備ができない。『えみ』のときはどうしていただろうと必死で顔を作ろうとする。

「映美、ほら笑って」

秀平が気軽に声をかけてくる。それがさらに映美の混乱を増長した。

「映美」

「ひ、輝さん」

情けない声が出てしまった。嬉しい半面、緊張してしかたがない。縋る思いで袖を掴むと、輝は名案でも思いついたように手を叩いた。

「ここはもう、ベタにいこう」

「え？」

「いちたすいちは」

「……に」

まさか。天下の木野カメラの社長がいちたすいち？　と、疑問符が頭に浮かぶ。

「リラックス、リラックス。ピースもしてみよう。それとも指ハート？」

「ピース、指ハート」

「両方やろうか。じゃあ、はい、いちたすいちはー？」

魔法の呪文のようだった。輝のおかげで、映美は緊張よりも楽しさが勝る。歯を見せるように「にー！」と元気よく笑い、手でピースを作る。シャッター音が響いて、すぐに指でハートをつくる。

「いいねえ！　二人とも、もう一枚！」

もう一度歯を見せて笑うと、カメラを向けられることが楽しくてしかたなかった。

「あははっ、楽しい！」

「それはよかった」

弾む気持ちを隠さず輝に顔を向ける。映美の緊張をほぐそうとしてくれた心遣いに感謝しかない。

「さて、そろそろ本番かな」

その一言で一気に気持ちが引き締まる。

「また緊張してきちゃいました……」

「俺も緊張してる。でも、二人で幸せになるための第一歩だから」

輝が手を差し出し来る。

「……そうですね」

ここまで色々あった。辛くて大変だったことも輝と一緒だったからこそ、乗り越えられた。そして、これからの幸せに思いを馳せながら映美は輝の手を取る。

「映美」

「はい」

「幸せになろう。二人で」

微笑む輝に、映美はこれ以上ないくらいの笑みを浮かべる。

「はい！　もちろんです！」

真っ白なドレスを優雅に揺らし、二人はゆっくりとチャペルに向かった。

あとがき

はじめましてもそうでない方も、こんにちは。ぐるもりと申します。この度は『十五枚の写真を巡る初恋の結末　敏腕社長は運命の人を見つけ出す』をお手に取っていただきありがとうございます。そして、発行にあたり、出版者様、編集プロダクション様、イラストレーター七夏様、装丁デザイン会社様、関わって下さった皆様に最大の感謝を送らせてください！　表紙イラスト、見ました？　私はこの完成形をもらったとき、思わず旦那に「見ろ！」と押し付けてしまいました。手がいいですよね……さりげないペアルックも素敵です！　最初に見られるのは、作者の特権ですよね。

さて、私はあとがきでいつもお話のこぼれ話を語らせていただくことが多いのですが、このお話では全てを書ききったつもりなので、蛇足になるかもしれませんがお話しさせてください。輝と映美は幸せいっぱいのこれからを送ると思いますが、周りに『えみ』だと知られてしまうのも時間の問題かもしれません。会社の人に知られてしまっても、映美の仕事ぶりと人柄のおかげで「ふ～ん。そうなんだ～」くらいの軽い感じで二人が拍子抜けしてしまうかもしれません。周りの目は思ったよりもあたたかくて、肩ひじ張っている二人にはいい機会ですね。最後に結婚式を書かせてもらったのですが、いざ挙式となったときの秀平は、おじいちゃん魂が爆発して大号泣して使い物にならないんじゃないかと私が心配しています。けど、そこは元プロカメラマン。最後の最後で大逆転の素敵な写真を撮れるのかな～と思っています。がんばれ、じいちゃん！　あとは、武志と依子ですが……武志はカメラの道をあきらめて、別の道を探し始めます。若いころからのコンプレックスを崩すには時間がかかります。おそらく心の専門の方のお世話になってるかなあと。輝も友達だから、最後の優しさで紹介したということにしときます。依子に関しては、なんと！　らぶドロップスの方で番外編を書かせてもらえることになったので、そちらのほうでどんな思いがあって、今後どうしていくのか……書けたらいいなと思っています。全然書ききってないじゃん！　と突っ込みが来そうですが、色々なお話の機会をもらえるのは作者として大変ありがたいと思っておりますので……今回は登場人物が多くてその書き分けに四苦八苦していましたが、編集さんの力を借りてなんとか形にできました。私はとにかく恋に落ちる過程が大好きで、ついそこに熱を入れがちになりますが、これはもう性癖なので仕方がないですね！　そこに多少のスパイスを加えて……と、料理をしている気持ちで書いています。さて、もう余白が無くなってきたので締めのあいさつを。ここまでお読みくださった皆様に最大の愛を！　次作もある予定ですので、どうぞよろしくお願いいたします。ではまたお会いできる日を楽しみにしています～！

ぐるもり

★著者・イラストレーターへのファンレターやプレゼントにつきまして★
著者・イラストレーターへのファンレターやプレゼントは、下記の住所にお送りください。いただいたお手紙やプレゼントは、できるだけ早く著作者にお送りしておりますが、状況によって時間が掛かる場合があります。生ものや賞味期限の短い食べ物をご送付いただきますと著者様にお届けできない場合がございますので、何卒ご理解ください。

送り先
〒160-0022　東京都新宿区新宿 1-36-2　新宿第七葉山ビル 3F
(株) パブリッシングリンク　蜜夢文庫 編集部
○○（著者・イラストレーターのお名前）様

十五枚の写真を巡る初恋の結末
敏腕社長は運命の人を見つけ出す

２０２３年９月１８日　初版第一刷発行

著……………………………… ぐるもり
画……………………………… 七夏
編集……………………………… 株式会社パブリッシングリンク
ブックデザイン……………………………… おおの蛍
（ムシカゴグラフィクス）
本文ＤＴＰ……………………………… ＩＤＲ

発行人……………………………… 後藤明信
発行……………………………… 株式会社竹書房
〒 102-0075　東京都千代田区三番町８－１
三番町東急ビル６Ｆ
email：info@takeshobo.co.jp
http://www.takeshobo.co.jp
印刷・製本……………………………… 中央精版印刷株式会社